LA JEUNE FILLE
ET LA MÈRE

Leïla Marouane a vécu en Algérie jusqu'en 1991, avant de s'installer à Paris. Journaliste, elle est l'auteur de nouvelles et de quatre romans : *La Fille de la casbah, Ravisseur, Le Châtiment des hypocrites* et *La Jeune Fille et la Mère.*

Leïla Marouane

LA JEUNE FILLE ET LA MÈRE

ROMAN

Éditions du Seuil

TEXTE INTÉGRAL

ISBN 978-2-7578-0261-8
(ISBN 2-02-061041-8, 1re publication)

© Éditions du Seuil, janvier 2005

1

Il n'avait rien à faire par là, mon père. Ce n'était ni son chemin habituel ni son lieu de prédilection.

Quelqu'un m'a dénoncée, me suis-je alors dit, et mon père a attendu le moment propice pour me surprendre. Peut-être aussi. Ou bien était-il à l'origine de ce délit en apparence par moi seule commis, me suis-je encore dit. Et je n'ai rien trouvé de mieux à faire que de tourner de l'œil.

Qu'il m'ait surprise par hasard, que j'aie été dénoncée, qu'il ait lui-même tout organisé ne me sortait pas du pétrin, et ne changerait en rien sa décision de se débarrasser de moi, plus vite qu'il ne l'avait lui-même prévu, et de la façon la plus légale qui soit.

Devant Allah et devant les hommes.

Jusqu'à cette décision de mon père et jusqu'à ce qu'elle n'en puisse plus, ma mère avait tenu à ce que mon destin soit celui d'une femme libre. Elle me voulait instruite, ma mère, elle y croyait dur comme fer, à mon avenir d'érudite, elle se persuadait que j'irais loin, à l'université et au-delà, sur la lune, ou sous les mers, là où, la tête haute, je ne serais à la merci de personne. Elle qui n'obtenait rien de mon père, peu avant ce «flagrant délit», soit trois ou quatre jours avant mon examen d'entrée en sixième – examen obligatoire et prestigieux en ces lendemains d'indépendance –, elle avait obtenu de lui la promesse de me mettre à l'internat, dans un lycée de grande renommée, loin de notre oasis, dans les beaux quartiers de la capitale, où j'aurais séjourné sept ans, que j'aurais quitté bachelière et blindée, prête à conquérir le monde sinon à l'affronter...

Qu'avaient-elles de plus que moi, les filles de notables?

– Tu ne prendras pas mon chemin, ajoutait ma mère en agitant énergiquement l'index. Ah! ça non.

Ah ! ça non, marmonnais-je en écho aux propos de ma mère, lorgnant le médaillon qui pendait à son cou, un médaillon en or, son unique bijou, une Vierge qu'elle avait surnommée Jeanne.

– Fixe-moi dans les yeux, reprenait-elle, et dis-moi que tu ne suivras pas mon exemple. Que tu ne te jetteras pas dans les bras du premier venu. Que tu ne seras pas une mère Gigogne.

Tandis que mon regard se posait sur ses sourcils rouges et épais, puis glissait sur son nez, s'arrêtant sur les taches de rousseur qui lui en couvraient l'arête – je n'ai jamais pu tenir les yeux de ma mère, vert foncé, criblés de points incandescents –, je répétais que non, et j'étais sincère : à aucun moment je n'avais envisagé un sort semblable à celui de ma mère, une alternance de grossesses, de fausses couches, de coïts forcés, de répudiations et de tâches ménagères. Une vie débilitante à souhait. Je ne pensais pas non plus que les études me feraient remarquer dans l'espace ou au fond des océans, ni même dans un cabinet comptable. J'avais du retard à l'école, de toute façon, au moins deux ans, retard non pas de ma faute, mais de celle de mon père, qui avait « oublié » de me scolariser, s'esclaffait-il devant ses

frères et ses amis. Et, pour être honnête, mis à
part la lecture, je n'avais aucune prédilection
pour les études, mais ma mère ne l'entendait pas.
Ne sachant ni lire ni écrire, elle ne s'apercevait
pas de mes lacunes ; seul le fait de me rendre à
l'école réveillait en elle les espoirs les plus fous.

Tu ne sauras jamais assez l'importance de
l'école, me disait-elle, son pouvoir et son influence,
sans l'instruction les révolutions n'auraient
pas vu le jour, le monde n'aurait pas évolué...
Pourquoi crois-tu que les dictateurs la redoutent
comme la peste ? jusqu'à pourchasser les ins-
truits, les torturer, les exécuter, ou les laisser
moisir dans leurs geôles ? Et si j'avais été à l'école,
crois-tu que j'aurais été tributaire de ton père ?
Crois-tu qu'il se serait permis de me traiter comme
il le fait ? Eh bien, non, il m'aurait traitée avec
tous les égards dus à un être humain, respectée,
sûrement admirée, et chaque instant par Dieu
fait, il aurait vécu dans la crainte de me perdre.
Au lieu de ça, toutes les occasions lui sont bonnes
pour m'extrader. Moi, ta mère, la Jeanne d'Arc
des djebels, l'illettrée devant qui les hommes
se prosternaient.

Née au début des années quarante, en plein

colonialisme, ma mère fit partie de ceux qu'on n'instruisait pas. À peine chauffa-t-elle les nattes de la medersa, ces écoles religieuses cachées au regard de l'occupant, d'où elle sortit munie de quelques notions d'écriture et d'une poignée de sourates.

Vers onze ans, alors que la guerre venait d'éclater, les stigmates de la féminité bel et bien en place, elle reçut l'ordre, irréfutable, de se voiler, de baisser le regard et de gagner les fourneaux. C'était cela ou un mariage imminent, avaient menacé les mâles de la famille, les bacchantes frémissantes.

Ma mère n'eut alors d'autre choix que celui d'obtempérer mais jura à sa mère qu'elle ne ferait pas long feu auprès d'elle, ni derrière aucun fourneau, qu'elle ne se laisserait pas écraser, qu'elle quitterait ces lieux et ces murailles d'une autre manière que s'en étaient allées ses sœurs, les deux aînées, déjà mères, emmurées et fatiguées de tout.

– Tu t'y habitueras, lui disait alors sa mère. Si bien que l'idée de traverser la ville sans le voile te semblera un cauchemar, et tu verras bientôt combien c'est agréable et confortable de voir sans être vue.

— Les temps sont en train de changer et jamais je ne serai une femme comme toi, ma pauvre maman, répliquait ma mère. Tout comme ce pays, j'ai besoin, moi, de vivre sans chaînes et sans camisole, j'ai besoin d'air et de liberté. Je ne sais pas comment, mais je le serai, libre, et plus tôt qu'on ne le croit.

Et elle se mit à guetter un signe. Qui finit par se manifester.

Après une année de combat, mené exclusivement par les hommes, ceux-ci, comme de bien entendu en temps de conflit, s'aperçurent de l'existence des femmes, de leur bravoure surtout, et entreprirent de les recruter. Le père le plus récalcitrant ne pouvait alors s'opposer à la requête des héros.

Très vite sollicitée, avec la bénédiction des siens, sans entraînement, sans même l'avoir lu dans les romans, ou vu au cinéma, seulement prête à mourir pour la souveraineté de son pays, et sa propre liberté, ma mère devint du jour au lendemain l'agent de liaison le plus couru de la région.

Transformée en Européenne, plus femme que jamais dans son petit tailleur et ses escarpins de luxe livrés par le Front, la mèche rouge et rebelle, fière comme Artaban, elle traversait la ville la tête emplie de messages compliqués pour son jeune âge et son peu d'expérience ; le corsage tapissé de tracts ou de comptes rendus ; le sac à main bourré d'argent, qui servirait à financer des opérations, ou à nourrir les familles des résistants tombés au combat.

Une fois lancée, plus rien ne me faisait peur, me racontait-elle. Rien n'aurait pu m'arrêter, ni la torture ni la mort. Car, vois-tu, j'étais consciente que je ne serais jamais libre si les hommes, mon père, mes oncles, mes frères, mes cousins, mes voisins ne l'étaient pas.

– Et voilà le résultat, terminait-elle un ton plus bas, l'esprit déjà ailleurs.

Une année plus tard, repérées, dénoncées, en plein hiver et malgré la froidure des lieux, ma mère et sa famille gagnèrent la ferme ancestrale, nichée dans les montagnes berbères, qui aussitôt se transforma en une sorte de QG de maquisards, et ma mère poursuivit ses activités d'agent de liaison.

Deux ans plus tard, un autre délateur, plus

redoutable que le premier – qu'elle continuera de
fustiger jusqu'aux jours précédant sa mort –, dont
je tairai ici le nom, allait se charger de divulguer
sa cache.

Rattrapée, spoliée, torturée, C'est indescrip-
tible, disait-elle avant de se lancer dans les détails,
commençant par l'épisode le moins douloureux,
la confiscation de ses boucles d'oreilles, son premier bijou, finissant par le plus cruel, la tentative
de viol, ce viol auquel elle avait échappé grâce
à un officier, un pied-noir, à qui il manquait
l'auriculaire, se souvenait-elle.

Au moment où l'officier était intervenu, les
soldats l'avaient déjà dévêtue, prêts à se la passer,
devant son père, lui-même torturé, attaché et
baignant dans son sang jusqu'au cul, disait ma
mère en laissant échapper un gloussement, non
pas un rire, mais une sorte de cri. J'étais plus nue
que la paume d'une main, poursuivait-elle en se
mordant fortement la lèvre inférieure.

Et de frémir, comme si la scène s'était dérou-
lée la veille :

– Est-ce que tu te rends compte que ton
grand-père m'a vue nue ?

Quoi qu'il en soit, l'honneur était sauf. En

contrepartie et à contrecœur, mon grand-père céda à la demande de l'officier de lui accorder la main de sa fille. Une parole, en ces temps-là, étant sinon sacrée du moins inviolable, satisfait, l'officier, crédule, avait fanfaronné :

– Je l'emmènerai à Paris, en avion… Ah ! la coquine, elle prendra l'avion. Elle volera dans les airs ! Elle sera heureuse comme jamais aucune Mauresque n'a été heureuse ! Elle ne viendra pas vous voir, nous vous écrirons…

Le mariage d'une musulmane avec un non-musulman étant prohibé, et l'officier un ennemi dont la conversion serait de toute façon nulle et non avenue, sans parler de la suffisance du prétendant – Non mais, comme jamais aucune Mauresque ! il se prend pour qui, l'éclopé ? le mangeur de sanglier ? s'était-on indigné –, après avoir battu comme plâtre sa fille, l'accusant d'aguicher soldats et officiers, mon grand-père décida de la marier à son valet de ferme, un orphelin, à peine pubère et un peu nigaud. Ainsi il annula sa promesse.

Ne voulant d'aucun des deux fiancés, de son côté ma mère décida de gagner le maquis, et en avisa le Front, qui, ni une ni deux, lui donna non seulement son accord mais aussi, une fois ses preuves de résistante accomplies, et si Dieu l'épargnait d'une balle ou d'une arrestation ennemies, la garantie de l'envoyer commencer des études à Damas ou au Caire.

Ma mère, qui toute son enfance avait salivé en regardant ces petites Européennes trottiner vers les écoles, ne contenait plus sa joie. Et si une ombre quelconque était venue brouiller ses projets de départ, la dissuadant de traverser les plaines et les montagnes, d'affronter le froid et les chiens sauvages, elle l'aurait aussitôt écartée.

Aidée par des femmes de la ferme, ma grand-mère assista ma mère dans ses préparatifs. Engoncée dans des robes en guenilles, le visage badigeonné de suie, la tête enturbannée de vieux foulards, les pieds chaussés de souliers subtilisés au trousseau de mariage composé à la hâte par les employés de son père, le trajet serait long et pénible, l'avait-on averti, ma mère était ainsi grimée en vieille folle, une errante, son laissez-passer, celui des indigènes en terre flouée.

Une fois la nuit tombée, les chiens fatigués d'aboyer, et les loups de hurler, escortée par le valet de ferme en question, qui ignorait qu'il faisait fuir sa propre fiancée, ma mère, jeune vierge de seize ans, s'était embarquée dans cet autre chapitre de sa guerre, et de sa vie.

Qui lui valut le sobriquet de Jeanne d'Arc, ainsi que la fonction de détectrice de mines anti-personnel et de cisailleuse de fils électriques de la ligne Morice, à la frontière est ; puis la rencontre avec mon père, lequel mit fin au projet d'études proposé par le Front. Elle aurait tout le loisir d'étudier, quand la guerre serait finie, lui avait-il promis ; et, enfin, à l'indépendance, dès son retour, à terme de mon frère aîné, flanquée de mon père, la haine de sa tribu et une réputation de Femme-qui-n'en-fait-qu'à-sa-tête-La-fugueuse-qui-se-marie-sans-l'accord-de-son-père-La-briseuse-d'avenir-de-ses-sœurs. Etc.

Je ne voulais certes pas d'un destin semblable à celui de ma mère, mais je ne savais pas très bien comment m'en tirer. Ignorant qu'écrire était un métier, ne me doutant pas qu'un jour je vivrais de mes livres et qu'ils seraient lus dans une grande partie du monde, je décidai de me faire potière. L'idée m'était venue en observant mes frères fabriquer des cendriers en argile pour l'école, puis en les aidant, ensuite en réalisant mes propres poteries, des gargoulettes de traviole mais qui me plaisaient. Et quand ma mère me turlupinait avec ses projets sans queue ni tête, je ne pensais qu'à ça, gagner ma vie en fabriquant des objets que je recouvrirais de peinture. Tout comme Matisse, que je venais de découvrir grâce à un catalogue, je ne peindrais que des choses gaies, «qui exerceraient une influence apaisante, quelque chose comme un bon fauteuil», le citais-je à mes frères.

Des arcs-en-ciel par-dessus des horizons mauves, des cygnes blancs sur des eaux bleues, des papillons d'or au-dessus de prairies grasses, des agnelles de nacre dans des bergeries lumineuses… Mes «mièvreries», selon mes frères, qui se voulaient déjà des hommes faits, sillonneraient le monde. Je serai riche et célèbre, leur répliquais-je, autonome surtout, souveraine comme une reine, selon les termes de ma mère. Mais je n'envisageais pas mon avenir sans amour, je ne l'imaginais pas sans cet homme, qui comme moi serait potier, qui comme moi aimerait les couleurs pastel, les cygnes et les agnelles. Je l'imaginais doux et fort à la fois, herculéen et angélique, invincible, en tout cas, un ami, un amant, un frère, qui me protégerait des méchants et des maudits qui parcourent le monde, qui avancent masqués, qui vous prennent au piège les yeux fermés...

Je croyais à l'amour donc, et forcément à une vie où nous serions deux, dans la joie et la bonne humeur. Nous ferions tout ensemble, dormir manger rêver pleurer marcher rire. Bref, comme dans je ne sais plus quelle inscription, vue partout, ces années-là, nous regarderions dans *la même direction*. Mais je le gardais pour moi. Car, disait aussi ma mère, le mariage, quand on a de l'éducation, quand on est souveraine, précisément, devient un pis-aller. Mes diplômes me donneraient le choix de décider avec qui je passerais ma vie. Et si personne ne trouvait grâce à mes yeux, eh bien, mon Dieu, tant pis, et même tant mieux, je m'en passerais, du mariage.

Qu'est-ce que le mariage, sinon une histoire de sexe ? hurlait presque ma mère, elle-même refrénée dans son élan de s'affranchir des maîtres, comme elle les désignait avec ironie.

Qu'est-ce que le mariage ? répétait-elle dodelinant de la tête, mimant le dégoût, sinon une suite de tracas et de basses besognes ?

Qu'est-ce qu'un mari, quand on sait qu'une fois l'étape tout nouveau tout beau franchie, finie, révolue, il ne voit plus en sa femme qu'une ennemie ? un être venu au monde avec la mission de lui nuire ? Et pour peu que l'ennemie commence à fatiguer puis à se détériorer, oublieux de sa contribution à ce déclin prématuré, le voici en quête d'ailleurs…

Et qu'est-ce qu'une femme mariée sinon un dépôt de spermatozoïdes ? un nid à avortons ? crachait-elle par-dessus son épaule.

Ma mère ne souffrait donc pas l'idée de me voir mariée. Tout le contraire de mon père. Qui, soit dit en passant, et jusqu'à mes quatorze ans, ne savait pas comment faire pour m'évacuer de sa maison.

Et il sut.

2

C'était il y a un peu moins de trente ans. La guerre froide à son comble, le socialisme démocratique et populaire battait son plein, les révolutions agraire, industrielle et culturelle ravageaient le pays et les têtes, et mon père me surprenait dans un jardin public.

Derrière un talus, plaquée contre le tronc d'un arbre, les seins le ventre les cuisses à l'air, tout contre moi, l'apprenti ébéniste de la menuiserie de notre rue, le pantalon aux chevilles, en pleine besogne.

Mon père, ai-je dit. Mais je crois qu'aucun son n'a traversé ma gorge, car l'apprenti ébéniste continuait de haleter de s'acharner sur ma poitrine sur mon sexe, marmonnant des grossièretés à faire rougir une horde de pervers.

Mais il n'a rien à faire par là, mon père. Ce n'est ni son chemin habituel ni son lieu de prédilection. Etc.

Lorsque je suis sortie de ma torpeur – j'ignore combien de temps cela a duré, probablement longtemps, car le soleil avait changé d'endroit, et les ombres s'allongeaient –, mon père me faisait toujours face, immobile, les traits durs et tristes, on aurait dit qu'il venait d'assister à une décapitation publique, et il n'y avait plus trace de l'apprenti ébéniste, envolé comme une chauve-souris, le chien.

Je ne savais alors quoi faire de mon corps ainsi exposé, ni comment détourner le regard de mon procréateur de ma nudité, un regard dont je n'ai pas saisi l'expression, qui allait s'ancrer telle une écharde dans ma mémoire, me donnant toutes les peines du monde pour l'en déloger.

C'est en prenant conscience de la clameur des promeneurs dans les allées du jardin que mes mains, jusque-là paralysées, se sont mises en mouvement. S'éloignant de quelques pas, mon père a enfin détourné les yeux, et j'étais rajustée.

L'appel à la prière se terminait, j'aurais dû me trouver à la maison, ou sur le point d'en franchir le seuil. C'était aussi l'heure à laquelle ma mère commençait à s'affoler, derrière la porte d'entrée, guettant mon arrivée.

Sans dire un mot, mon père ne m'adressait de toute façon pas la parole, sans s'agiter ni s'énerver – à cause d'une balle logée dans un poumon, selon lui, à cause des séquelles d'une tuberculose mal soignée, selon ma mère, mon père ne s'énervait jamais, ne s'agitait jamais –, il m'a fait signe d'avancer.

Le suivant à deux ou trois mètres, comme si nous étions des étrangers, et tandis que le sol s'en allait sous mes pieds, que ma tête malgré le soleil déclinant s'embrasait, fixant sa nuque, je compris tout à coup pourquoi ma naissance, ainsi que celle de mes nombreuses sœurs, avait endeuillé mon père, et pourquoi, autrefois, en Arabie, on enterrait les petites filles, vivantes, à peines nées. Je regrettai aussitôt de ne pas être venue au monde quatorze siècles plus tôt, en terre d'Arabie, je me serais alors insurgée contre ce Prophète venu juguler les idoles et les idolâtres, réhabiliter l'Unique et défendre notre droit à la vie.

Non mais, franchement, de quoi est-ce que je me mêle ?

Et je me mis à pleurer, doucement, sans bruit, comme dans mes cauchemars les plus obscurs.

Quand nous atteignîmes notre quartier, je suivais toujours mon père, et mes yeux étaient déjà secs. Abandonnant les habitants d'Arabie, les infanticides et les révélations divines, chassant une mauvaise pensée – Comment, nom d'une semence, mon père, petit bout d'homme fluet et vieillissant, s'y prenait-il pour féconder ma mère? –, je me mis à imaginer ce que je m'étais jusque-là empêchée d'imaginer.

– C'est bien ta fille. Tu es répudiée. Répudiée. Répudiée.

Ma mère jetée en pâture à ses ennemis, sa propre famille, une calamité, des gens fielleux, son père sa mère, ses frères ses sœurs, des cloportes des félons, qui honnissaient ma mère ses enfants, qui le montraient bien, qui n'attendaient que ça, qu'elle fût mise à la porte de sa maison, une fois pour toutes. Qui ne lui pardonnaient pas d'avoir épousé un étranger, mon père, ce noiraud descendant d'esclaves, un habitant du pays des scorpions et des vipères, sans le consentement ni même la présence du sien. Ainsi, par la faute de ma mère, les nubiles de la tribu, disait-on, fraîches et belles, mais sans prétendants, allaient croupir. Ce qui ne les empêchait pas de venir chez nous, de profiter des petits plats que leur mijotait ma mère, sur ordre de mon père, de s'empiffrer dans notre plus belle vaisselle, de se prélasser de ronfler dans nos plus beaux draps, sur nos plus beaux coussins, narguant ma mère, Alors, quand est-ce que tu arrêteras de pondre des pisseuses ? ou encore, à l'intention de mon père, Il faut espérer que telle mère telle fille ne s'applique pas dans cette maison.

Mes tantes, méchantes et hargneuses, qui viendront aux funérailles de leur sœur comme on se rend à une fête…

Répudiée.

Répudiée.

Répudiée.

Par Dieu et son Envoyé.

Ma mère fuyant sa famille, abandonnant ses enfants, errant dans les villes, gîtant dans les mosquées, ou se laissant mourir dans les canyons de ses montagnes natales ; ma mère qui me ressassait à s'en démancher le cou de ne jamais répondre aux appels d'un garçon ; ma mère à qui j'acquiesçais, à qui je promettais, à qui je jurais qu'il n'en serait jamais rien...

Tandis que je l'imaginais la répudier, que mon esprit se déchaînait, que la raison me lâchait, que je cherchais le moyen de me désagréger, mon père poussa la porte, s'effaça, et me céda le passage. Un instant, tant il était calme, presque doux, je me suis demandé s'il n'allait pas apposer un baiser sur ma joue, T'en fais pas, fillette, ton papa te vengera de ce salaud d'apprenti, t'en fais pas, petite, ton père demandera réparation, t'en fais pas, ma fille, ton papa est là qui te protégera des méchants et des maudits...

Évidemment, il n'en fut rien. Sans un regard, sans un mot, mon père tourna les talons.

Ma mère m'attendait dans la cour, à deux pas du seuil de la porte, le nourrisson dans les bras, agité par la faim ou ses langes mouillés.

Me scrutant avec suspicion, les yeux tourbillonnant dans leurs orbites, elle dit :

– Tu rentres tard.

– Il est à peine...

– Il est tard, me coupa-t-elle. Mabrouka est déjà là.

Ma mère contrôlait mes retards en fonction

de l'appel à la prière de l'après-midi, retards qu'elle fustigeait, parfois pardonnait. En revanche, quand Mabrouka, notre chèvre, qui quittait la maison aux aurores et rentrait au crépuscule, m'avait devancée, ma génitrice perdait toute notion de mansuétude.

Je ne sus alors quoi inventer pour mon salut, je n'ai d'ailleurs jamais su inventer quoi que ce soit, ou si peu, que des banalités, des mensonges blancs, pour couper court aux remontrances sans fondement de ma mère, ou pour lui faire plaisir, ou pour la rassurer.

Ça y est, me dis-je en cherchant des yeux son médaillon dissimulé par la tête du bébé, ça y est, elle va m'étaler sur le sol, me dénuder, m'écarter les jambes, vérifier l'intégrité de mon « honneur »…

Et ô miracle, me jetant le bébé dans les bras, elle dit :

– Change-le, tu trouveras des pointes propres dans la corbeille à linge, et va vite à tes révisions.

Je ne lui laissai pas le temps de le dire deux fois, j'attrapai le bébé, le serrai contre moi et gagnai l'intérieur de la maison à grandes enjambées, comme si le paradis m'y attendait.

3

En ce temps-là, ma famille était au complet.
Il y avait mon père et ma mère, mes frères aînés,
Yassir et Yacine, l'un brun, l'autre rouquin, et
mes sœurs, toutes plus jeunes que moi : Malika,
Maïssa et Latifa, des jumelles, et Maya, encore
dans ses langes.

Nous habitions une ville de notables, au nom
évocateur de sucre et de loukoum. C'était une des
plus belles et des plus célèbres oasis du Sahara,
ocre et rouge, quelle que soit la saison. Un oued,
sec l'été, aux crues redoutables l'hiver, la cernait,
et des ruisseaux à l'eau claire la parcouraient de
toutes parts, irriguant palmiers et orangers sauvages. On la surnommait « la Reine des Zibans »,
certainement pour la multitude de palmeraies qui

l'entouraient, sur lesquelles elle paraissait régner, mais aussi pour les dômes qui l'arrondissaient comme une souveraine dans la fleur de l'âge.

Depuis la nuit des temps, des étrangers venaient y vivre. Autrefois pour courir les éphèbes ou les Mauresques, et nourrir leur poésie ; en ces années postcoloniales, contribuant aux projets de développement, ils y travaillaient, dans l'enseignement, la santé ou le pétrole.

Notre maison, de l'époque ottomane, ni grande ni petite, nous suffisait amplement – mon père et ses trois frères, immigrés en France, en avaient hérité. Un ruisseau ondoyait sous ses dalles et jaillissait dans notre jardin, abreuvant trois palmiers et deux oliviers, qui donnaient des olives vertes et mauves. Après chaque cueillette, ma mère les tailladait et les trempait dans du vinaigre épicé, nous les croquions comme des bonbons.

Écrivain public, pour le compte de la mairie, mon père, afin d'arrondir ses fins de mois, cultivait son lopin de terre, un héritage aussi, situé dans une palmeraie, en dehors de la ville. Mes frères l'aidaient à retourner la terre puis, sur la route qui reliait la palmeraie à la ville, traversant le désert, ils vendaient des bouquets de persil et de menthe, toute l'année, des pastèques et des melons, l'été, lorsqu'ils n'étaient pas en colonie de vacances, ou chez nos oncles, à Paris, Bordeaux ou Nantes.

Mon père se rendait à la palmeraie de gaieté de cœur, les week-ends et les jours fériés, et rentrait le soir, rayonnant, ses fragiles poumons oxygénés à bloc. Mais au moment du dîner, que ma sœur cadette ou moi lui servions dans sa chambre, qu'il prenait en tête à tête avec Soliman le Magnifique, son chat, et histoire de nous mettre mal à l'aise, de nous écœurer de la vie, de nous faire payer tant d'efforts pour nous nourrir, mon père se mettait à soupirer et à se plaindre de sa journée. C'était un de ses plaisirs, son grand kif, de nous donner mauvaise conscience.

Ma mère, quant à elle, avant de perdre la tête et tant que ses espoirs d'émancipation et de vie meilleure, sinon pour elle du moins pour ses filles, n'avaient pas complètement éclaté en illusions, élevait des dindes des poules et des coqs, que des voisins venaient lui acheter vivants – mon père contrôlait les ventes à la plume de volaille près, et empochait tout sans ciller. Ma mère n'était pas censée posséder de l'argent, elle n'allait pas chez le coiffeur ni au hammam, et encore moins aux mariages, mon père lui interdisait tout. Mais si nous manquions de quoi que ce soit, d'une ardoise ou d'une paire de chaussettes – l'égoïsme de notre père n'épargnait personne, même pas ses fils –, ma mère vendait, en douce et à des étrangers, un tapis. Nous en avions toute une réserve, qui nous venait de mes grands-parents, des tapis bédouins, très anciens, dont mon père ne voulait pas, qu'il trouvait vieux et laids…

Ma mère avait aussi la charge de notre chèvre, elle s'occupait de l'attacher, de la soigner et de la traire. Quelquefois Mabrouka nous revenait fécondée de la montagne où, sous la vigilance du berger payé à l'année et en compagnie d'autres biques et de boucs, elle paissait. Par manque de place et parce que nous appréciions sa viande, qui nous changeait du poulet, mon père sacrifiait le chevreau que nous mangions grillé ou en ragoût.

Nous n'avions pas la télé, peu de familles en ce temps-là en possédaient, mais nous avions la radio. J'avais un petit transistor que j'écoutais dans mon lit. Ma mère n'aimait pas que je veille, elle ne se doutait alors pas que ses phobies dévoraient déjà mes nuits, que ses peurs d'adulte avaient enseveli mes fascinations d'enfant, elle ne se doutait pas que ses frayeurs m'abîmaient et qu'elles me pourchasseraient toute la vie ; mais parce que j'écoutais des stations francophones, Alger-Chaîne 3, ou France Inter captée grâce aux longues ondes dans l'oasis, et même plus loin dans le désert, parce qu'elle me voulait le « rossignol du français », Tu le maîtriseras mieux que les Français eux-mêmes, disait-elle, ma mère fermait les yeux sur mes insomnies.

Car ma mère, lorsqu'il s'agissait de mon avenir de « femme sans maître », me passait tout. Ou presque tout. Elle me passait mes nuits blanches, mes rêveries, mes lectures au bord de notre ruisseau, mes poteries, mais aussi mes visites chez la fille du juge, ma voisine et ma seule amie…

Quand j'avais fini de l'aider dans les petites tâches ménagères, elle m'incitait à prendre un livre. Va, va, disait-elle en me poussant par l'épaule. Va lire. Va nourrir ton esprit. Libère-toi.

C'est ainsi que je me suis mise à lire tout ce qui me tombait sous la main. Tout et n'importe quoi. Je dévorais les polars d'un certain James Hadley Chase, dégottés dans les caisses de vieux livres de mon père, que j'exhumais en catimini et protégeais avec du papier uni sur lequel je marquais *Alice au pays des merveilles*, ou *Cendrillon*, ou *Le Petit Poucet*, pour tromper mes frères – à qui, s'ils me surprenaient, je devais donner, en échange de leur silence sur mes «lectures dissolues», une pièce dérobée dans le porte-monnaie de ma mère, qui se perdait dans ses comptes. J'avalais aussi des bédés, les lectures de mes frères, avec leur approbation, *Tintin*, *Blek le Rock*, *Astérix le Gaulois*. Je parcourais des magazines en tout genre, dont se débarrassait le coiffeur de notre rue, *Femme d'aujourd'hui*, *Elle*, *Podium*, *Salut les copains*, *Paris Match*, et des livres plus instructifs, des classiques, que me prêtait la fille du juge.

J'ai fait la connaissance de la fille du juge le lendemain de son arrivée dans notre quartier – son père, du nord du pays, venait d'être affecté dans notre ville. Elle s'appelait Sabrina, comme le film où Audrey Hepburn tombe raide amoureuse de Bogart, précisait-elle.

Sabrina avait mon âge, et beaucoup de culture, de la repartie et un humour d'adulte qui me plaisaient. Ses parents l'emmenaient au théâtre et au cinéma. Chez elle, il y avait la télé,

mais elle ne lisait pas, ou très peu, que des magazines pour jeunes filles où il était question des
règles et de la pilule, des stars du cinéma et de la
variété. Des livres, elle en possédait pourtant,
pour tous les goûts et tous les âges. Son père
et sa mère, une Française du Sud-Ouest, lui en
achetaient sans compter.

Quand elle rentrait de l'internat, ce même
établissement de la capitale dont ma mère avait
rêvé, le week-end et les jours fériés, profitant
d'une virée de ses parents dans le désert, où
ils allaient tirer la vipère ou la gazelle, refusant
d'assister à cette barbarie, Sabrina venait frapper
à notre porte. Je la suivais sans en demander la
permission, à peine le signalais-je à ma mère, qui,
les estimant profitables pour la pratique de mon
français, ne posait aucune condition à ces visites.

Ma mère, disais-je, lorsqu'il s'agissait de
mon instruction, me cédait tout, ou presque
tout. Mais se souvenant de la menace que je
représentais, sa cruauté n'avait pas de limite.
Elle ne me battait pas, à cette époque, elle ne
battait personne, mais sa peur du déshonneur
était telle qu'elle me traitait parfois comme si
j'avais été la fille de sa pire ennemie. Tu *la* perds

(ma mère usait d'un vocabulaire cru, un vocabulaire propre aux hommes, appris à leur contact,
quand elle s'habillait et guerroyait comme eux,
mais elle ne prononçait jamais le mot *virginité*),
tu la perds, poursuivait-elle, et c'est la fin de
nous c'est la fin de tout, tu la perds, et ton père
nous jette dans le désert, tu la perds et tes frères
et sœurs seront des orphelins à la merci des
vampires...

– Tu la perds et je t'égorge de mes propres
mains, finissait-elle dans un grognement qui
contrastait avec la beauté de ses traits.

Une fois, mon cousin, mon aîné d'une dizaine
d'années, un des fils de ma tante, la sœur de mon
père, de passage chez nous, tard dans la nuit, se
faufila dans mon lit. Je n'avais que cinq ans, mais
déjà sensible au danger, ma mère me l'enseignait
avec talent, je me débattis si bien, menaçant de
crier, que mon cousin prit la fuite, sans être
parvenu à ses fins.

Dès le matin, je le dénonçai à ma mère, lui
racontant par le menu l'intrusion et les intentions
de mon cousin. Je me souviens, vers la fin de mon
récit, de ce regard noir de ma mère, et des étin-

celles de son iris, plus acérées qu'un glaive de gladiateur.

– Tu es sûre qu'il ne te l'a pas enlevée, ta culotte ? me tança-t-elle.

Afin d'éviter les conflits avec sa belle-sœur, ou pour m'épargner l'humiliation, pensai-je du haut de mes cinq ans, se contentant de surveiller mes cousins, lors de leur passage chez nous, ma mère n'en souffla mot, ni à mon père, ni à ma tante, ni à ma grand-mère, à l'époque encore en vie.

Mais s'il arrivait que je veuille me dérober à l'inspection du fond de mon vagin, qu'elle auscultait munie d'une loupiote à piles, à la recherche de la fameuse membrane, pratique qui m'humiliait, qui me mortifiait, à laquelle je ne m'étais jamais habituée – c'est peut-être pour ça, me dira-t-on, que mes premiers poils pubiens ont poussé blancs, et le sont restés, blancs comme neige, une barbe de père Noël en verdirait de jalousie –, ma mère hurlait, se déchirait les joues, s'arrachait les cheveux par touffes, prenant Dieu, ses prophètes et les saints de la terre à témoin. Puis s'empressait de me rappeler l'histoire de mon cousin, me traitant d'enfant du diable, de mauvaise fille et de chienne en chaleur. Tu n'es qu'une *chegfet boul*,

écumait-elle – traduire par « craquelure de pisse »
(mis à part que ça n'était pas un compliment, je
n'en ai jamais saisi le sens précis, ni de quelle
pisse il s'agissait, la sienne dont je suis issue, ou
la mienne qui serait à l'origine de mon délabre-
ment) –, et concluait par des menaces, qu'elle le
révélerait à mes cousines, quand elles viendraient
chez nous, mes cousines de Paris de Nantes de
Bordeaux, les filles de mes oncles paternels, qui
assuraient avec brio leur destin, elles, un destin
de futures-femmes-instruites, des filles qui ne
déshonoreraient pas la famille, des filles comme
elle aurait mérité d'en avoir, elle qui avait vécu
avec un bataillon d'hommes sans qu'aucun d'eux
pût l'approcher.

Petite larve, poursuivait-elle. Tu veux me
déshonorer, m'enfoncer la tête dans la boue,
faire de moi la risée de mes amis et de mes ennemis. Si tu ne m'obéis pas, je les révélerai, tes
débauches, je les dirai à tous, tes perversions.
À mes sœurs, à ma mère, à mes amis et à mes
ennemis, au monde entier. Craquelure de pisse,
répétait-elle, chienne en chaleur. À quoi crois-
tu que tu te destines sinon à une vie dissolue ?
bramait-elle, les veines de son cou gonflées à

bloc. Tu passeras ta vie allant d'un homme à l'autre. C'est moi qui te le dis, enfant de malheur. D'ailleurs, tu l'as déjà entamée, cette vie, à cinq ans, en séduisant ton cousin, répétait-elle tandis que je m'allongeais sur le sol, écartant bien les jambes pour que ma génitrice y trouvât l'objet duquel dépendait son honneur. Sa vie.

À force, ma mère parvint à me faire croire que cet épisode de mon cousin avait eu lieu par ma seule faute, et, peu à peu, je finis par me sentir responsable de tout regard mâle posé sur moi, lubrique ou non. Si bien qu'à chaque fois que je ne pouvais pas prendre mes jambes à mon cou, qu'un ou plusieurs garçons réussissaient à m'attraper, les sentant violents, chauds comme un volcan, prêts à tout pour arriver à leurs fins, je me laissais faire. Pourvu que ma mère n'en sût rien.

Prions.

4

La première fois où l'apprenti ébéniste réussit à me coincer dans le jardin public, où se trouvait mon école, déjà pubère, j'allais sur mes douze ans.

Je traversais le jardin à toute vitesse pour rentrer le plus tôt possible à la maison, histoire d'éviter *l'inspection*, précisément, mais aussi pour contourner la mairie où mon père, sur le parvis, assis à sa table, derrière sa machine à écrire, n'aurait pas manqué de reprocher à ma mère mes balades en ville.

L'apprenti ébéniste m'immobilisa contre le tronc d'un arbre, derrière un talus, à l'abri des regards, à ce même endroit où mon père fera irruption, puis déboutonna mon chemisier. Je revois encore ses yeux exorbités devant mes seins nus, mon unique soutien-gorge, ce jour-là, était au lavage, ma mère ne pouvait pas m'en acheter plus d'un par an, et, parce qu'elle avait à la maison une épidémie de rougeole à endiguer, elle n'avait pas eu le temps de me bander la poitrine.

Si les autres garçons se contentaient de me tripoter les seins, l'apprenti ébéniste, lui, s'était mis à me les lécher puis à en mordiller les mamelons, bafouillant, les paupières chancelantes, sa salive dégoulinant sur ma peau – contrairement à ce que pourrait penser le lecteur, j'en demande pardon à ma mère et à toutes les gardiennes de vertu, cela ne me dégoûta en rien.

Sans lâcher mes mamelons, il releva ma jupe, baissa ma culotte, se mit à fouiller dans ma vulve, d'abord avec les doigts, puis avec son sexe.

Tout en le nichant entre les lèvres, il a répété :

– Si tu ne bouges pas, je ne te ferai pas de mal, et je te fabriquerai un coffret à bijoux.

Je n'en avais rien à battre, de son coffret à bijoux, d'ailleurs je n'en vis jamais la couleur, mais je ne bougeai, de peur qu'il ne m'enfonce, bien sûr, et ne me déchire l'hymen, et aussi parce que, me disais-je, si je me débats, il deviendra violent, et je serai bien obligée de dire qui m'a battue, dans quelles circonstances, et une fois de plus, ma mère Paris Nantes Bordeaux le monde entier m'accuseront de toutes les débauches.

Voyant que je n'étais pas farouche, l'apprenti ébéniste se mit à marmonner des obscénités qu'aucun autre homme ne s'est jamais permis de me dire, Ah, elle aime ça, la cochonne, elle suinte, la chienne. Etc.

Apaisé, le pantalon remonté, il m'abandonna dans la nature.

Je suis rentrée à la maison en quatrième vitesse, il était tard, je précédais de peu Mabrouka, mais ma mère n'était pas postée devant la porte, la rougeole des jumelles lui avait suffisamment occupé l'esprit. J'ai attaché la chèvre et me suis faufilée jusqu'à la salle de bains où je me suis enfermée.

Tandis que l'appel à la prière du crépuscule résonnait, que ma mère tournait en rond dans la cuisine pour improviser le dîner, les joues en feu, envahie par le souvenir des attouchements de l'apprenti ébéniste, de ses cheveux bouclés ondoyant sur ma peau, de sa salive tiède sur mes mamelons, à la hâte et en silence, je me suis masturbée. C'est au moment de la toilette que j'ai vu le sperme séché sur mes poils (blancs) et sur ma culotte (blanche). Je savais ce que c'était. Au hammam, où telle une mère il m'incombait d'emmener mes sœurs, en désinfectant leur place, persuadées que les reliefs des hommes les engrosseraient, les femmes en parlaient avec banalité, mais je n'avais jusque-là aucune idée de l'aspect que cela pouvait prendre. Et les particules jaunâtres sur mes poils et sur ma culotte m'évoquèrent le pus.

Voilà pourquoi ma mère associait le sexe à la saleté, me dis-je. Sans lui donner raison, dans mes rêves, grâce à mes lectures (Merci Colette), la semence de mon homme son sexe ses fesses ses poils seraient nectar et ambroisie, je fus prise de nausée, exécrant mon corps comme on exècre de la viande avariée.

L'instant d'après, avec fulgurance et douleur, la frayeur a pris le dessus sur le dégoût, et mon esprit s'est lancé dans des conclusions empiriques. Une femme, disait-on, au simple contact d'un sexe, sans pénétration, pouvait tomber enceinte.

Autrement dit, un hymen n'est pas un rempart contre les spermatozoïdes. Encore faudrait-il qu'il m'en restât un, d'hymen, peut-être s'était-il disloqué sans que j'y prisse garde.

Prions. Prions. Prions.

Je n'ai jamais autant prié, mes yeux ne se détachaient plus du ciel, je fixais un nuage, et revisitais mes sourates. Je m'isolais et en apprenais d'autres. Mes parents n'étant pas pratiquants, je connaissais le nombre de prières quotidiennes à la faveur des appels de la mosquée, mais j'en ignorais les règles. Je me suis alors procuré un Coran et un guide. Mes frères, qui me surprenaient dans mon apprentissage, ricanaient en se donnant des tapes sur les cuisses :

– En voilà une qui finira mufti, ha, ha, ha.
– Mufti pour fillettes, ha, ha, ha.
– Pour mauviettes, ho, ho, ho.

Tard dans la nuit, l'oreille collée au transistor, luttant contre mes insomnies, implorant la compassion des anges, leur soutien, je me voyais en fuite, ronde comme une outre, cherchant refuge dans les mosquées et les monastères de villes lointaines ou bien attendant la délivrance dans la cave de la maison du juge, assistée et nourrie par la femme et la fille de celui-ci.

Tout et n'importe quoi prenait alors l'odeur et les bruits de l'apocalypse, la récente fausse couche de ma mère ou sa grossesse en cours, ses aigreurs et ses vomissements matinaux, les jumelles dans leurs langes, le hammam, l'eau de Javel éradiquant la trace des mâles, les femmes débattant de la méthode Ogino, s'emmêlant les pinceaux avec les dates de leurs menstrues, nommant le pénis « Pâte à fougasse » ou « Pain de sucre », selon qu'elles l'abhorraient ou le vénéraient, le bruit du pipi de mes frères derrière la porte des cabinets, mon père délogeant ma mère de notre chambre où souvent elle s'exilait pour la nuit...

Au retour des règles, dès la première goutte, tout s'effaça. Et ma libido revint, sans freins, comme si je me congratulais d'avoir échappé au pire, Brave fille, brave fille, fredonnais-je à voix basse.

Ça me prenait n'importe où, ça me titillait pendant la classe, dans la cour de récréation, en rentrant à la maison, pendant le dîner, dans le lit... Il me suffisait de penser à l'apprenti ébéniste, à ses mains, à son sexe, à ses yeux révulsés de plaisir, à sa langue mouillée, il me suffisait d'espérer son prochain guet-apens, de serrer les jambes et la jouissance survenait, les bribes entêtantes d'une comptine battant mes tempes, fuyant machinalement d'entre mes lèvres, *L'étoile luit / et les rois conduit / par longs chemins / devant l'humble réduit…*

L'instant d'après, le refrain disparaissait de mon esprit et de mes lèvres, me laissant face à un terrible sentiment de culpabilité, qui engendrait inéluctablement des visions d'outre-tombe. Dieu, sous les traits de l'imam de notre quartier, perché sur le minaret, dans le mégaphone, figeant la ville, m'ordonnait de copuler avec une meute de vieux puant le formol, décharnés et édentés, rejoints très vite par des vieilles, aussi puantes, édentées et décharnées, qui me palpaient, me massaient, me malaxaient jusqu'à la douleur. Des visions rapides, fugitives mais si fortes que ma fougue s'estompait. *Ad nauseam.*

5

Appréhendant le retour de mon père, ce jour de flagrant délit, taraudée par le souvenir de son regard sur ma nudité, le ventre la gorge en nœuds, simulant la concentration sur mes révisions, obéissant à reculons aux ordres de ma mère – un coup de main dans la cuisine ou calmer le bébé –, j'ai réfléchi et élaboré un suicide. Avaler des médicaments, il y en avait plein la pharmacie, ou, plus simple et plus efficace, de l'eau de Javel. Mais pas une défenestration, l'idée de quitter ce monde en bouillie ne me séduisait pas, et notre maison n'était pas assez haute, je m'en sortirais paraplégique, dans le meilleur des cas, et qui dans cette famille s'occuperait d'une infirme ? Ni une coupure des veines, opération laborieuse, salissante et peu probante, qui de plus traumatiserait mes frères et sœurs…

Renonçant aux médicaments, que de l'aspirine et des broutilles contre la diarrhée, j'ai déniché dans la buanderie une bouteille d'eau de Javel. Après l'avoir décapsulée, je l'ai dissimulée sous la table qui me servait de bureau, dans la chambre que je partageais avec mes sœurs. Une fois la tempête déchaînée, me dis-je, je l'écluserais, au goulot, n'y laissant goutte.

À vingt heures tapantes, mon père rentra. Il était en retard mais égal à lui-même, calme et froid, peut-être un peu ivre.

Je n'ai pas eu à boire l'eau de Javel ni rien de semblable, le dîner et la soirée se déroulèrent comme toutes les autres soirées. Isolé dans sa chambre, mon père mangea, lut le journal et écouta les informations à la radio. Mes frères dans leur chambre jouèrent aux cartes et aux dames. Mes sœurs se couchèrent tôt. Tandis que ma mère, qui détestait le ménage, dans la cuisine et jusqu'à l'épuisement, on aurait dit qu'elle expiait une faute vieille de mille ans, récurait astiquait briquait lustrait sol vaisselle meubles, courbée sur la table et sur mes livres, je feignais le labeur. En réalité, je lus une nouvelle de Maupassant, que j'avais détachée dans un *Femme d'aujourd'hui*.

Vers dix ou onze heures, mon père a ordonné l'extinction des feux. Tout en faisant cliquer les interrupteurs, ma mère a traîné le pas dans le couloir, comme toujours elle traînait le pas avant de gagner la chambre de mon père – la chambre de mes parents n'était désignée que par «la chambre du père», «Ma chambre», disait ce dernier, «La chambre de votre père», disait ma mère, «La chambre de papa», disions-nous.

J'ai éteint et me suis glissée dans le lit, à côté de ma sœur cadette, qui dormait déjà profondément; les jumelles, dans les lits superposés, à gauche du nôtre, marmonnaient une mélopée inaudible.

La vie continue, me suis-je dit, apaisée. Du moins pour cette nuit. Peut-être cette normalité se poursuivrait-elle. Peut-être mon père m'accordait-il un répit, le temps de passer l'examen. Peut-être même me pardonnait-il et oublierait-il à jamais cet «incident»… Qui sait? Dieu est miséricorde. Pourquoi pas mon géniteur? Peut-être m'aimait-il après tout. Pourquoi n'éprouverait-il pas un quelconque sentiment, ne serait-ce que de l'attachement, à l'égard d'un être humain, une petite humaine, dont il était l'auteur, qui vivotait sans faire de remous sous son toit depuis plus de treize ans?

Gambergeant sur la probabilité de ce sentiment qu'abriterait disons secrètement mon père pour moi, sa fille, une profonde sérénité m'enveloppa, comme si tout d'un coup ce «flagrant délit» dans le jardin public n'avait jamais eu lieu.

Je poussai un petit soupir de soulagement. Et le souvenir de l'apprenti ébéniste de me titiller les neurones, et chaque partie sensible de mon corps de petite fille. Mais cette nuit-là, soupçonnant mon père d'amour et de pardon, désirant en être digne, je luttai contre les convulsions de ma vulve, ses palpitations, ses frémissements auxquels je cédais habituellement.

Tandis que je serrais les dents, que je collais l'oreille contre la petite radio à pile plate, essayant de penser aux enfants faméliques du Biafra, aux petits Vietnamiens brûlés au napalm, tout à coup, dans les airs et une phosphorescence bleutée, se découpèrent une tête puis un dos, des ailes puis des fesses, des jambes puis des pieds. Quand l'incarnation s'acheva, une créature me fit face.

Un ange! m'écriai-je.

Les jumelles sursautèrent, ouvrirent un œil, se rendormirent aussitôt. Ma sœur cadette ne bougea pas, mais ses petits ronflements s'atténuèrent, comme si elle ne dormait plus.

J'écarquillai les yeux, arrêtai la radio, puis me mis sur un coude. Le sourire brûlant la nuit, l'ange commença sa voltige, allant d'un coin à l'autre de la pièce, contournant les obstacles, tel un habitué des lieux. Je refermai les yeux, introduisis ma main sous le drap et me caressai, sans hâte, mes doigts glissaient comme si je secrétais une huile fine. Une sensation unique, qu'aucun remords ne vint troubler.

Quand mes soupirs prirent fin, je rouvris les yeux. L'aube pointait.

– Je m'apelle Bouzoul, dit l'ange en me décochant le plus beau clin d'œil du monde.

Puis il se volatilisa, comme il avait paru, membre après membre.

— Au revoir, Bouzoul, fis-je avant de sombrer dans le sommeil.

Voilà comment, alors que je tentais d'éloigner le diable, ce diable que je croyais mon seul allié, un ange, un vrai, vola à mon secours.

6

Le lendemain, tard dans la nuit, alors que Bouzoul s'incarnait à peine, la porte de la chambre grinça. Dans l'embrasure, je reconnus la silhouette de mon père, puis ses pas feutrés. L'instant d'après, sans bruit, il m'extrayait du lit.

Ma sœur cadette, au sommeil de pierre, ne se rendit compte de rien ; les jumelles bougèrent et retinrent leur souffle, jusqu'à ce que je disparaisse de la chambre.

À cause des djinns malfaisants, plus précisément les violeurs de jeunes filles, ces prédateurs de chair fraîche, disait ma mère, il nous était interdit de dormir découvertes. Mon pantalon de survêtement et mon vieux T-shirt ruisselaient. Mes cheveux collaient à mon visage. Mon père ne me laissa pas le temps de me changer, ni de me débarbouiller. Dans le noir absolu – je compris aussitôt qu'il évitait de réveiller les autres, et conclus avec soulagement que ma mère ne savait toujours rien du «délit» –, il me poussa à travers sa maison, puis à l'arrière de sa voiture.

Après avoir fermé sans la claquer ma portière, faisant de même avec la sienne, il démarra, tous phares éteints, qu'il alluma une fois loin du quartier.

Sûre qu'il m'emmenait dans le désert, pour m'égorger ou, ce qui revenait au même, pour m'abandonner aux scorpions, pas un instant je n'ai envisagé de fuir. J'aurais pu sauter de sa voiture, une 2 CV, dont s'était débarrassé un de ses frères immigrés en France, une vieille carcasse, que mon père conduisait sans jamais dépasser les cinquante à l'heure. J'aurais pu sauter, donc, serrer les fesses, serrer les poings et les paupières, et courir jusqu'à Caracas ou Djibouti. Mais je n'en ai rien fait. Déglutissant, fixant la nuque de mon père, j'ai approuvé cette issue.

Quelques minutes plus tard, en plein bidonville, dans l'obscurité et la puanteur des marécages, mon père coupa le moteur, et éteignit les phares. Une porte de zinc grinça, on eût dit qu'elle allait se détacher, mais elle résista.

Éclairée par la lueur d'une bougie, une vieille femme, fluette, presque invisible, parut. Mon père descendit, la vieille femme le salua de la tête, sans desserrer les mâchoires. Mon père baisa son front, et jeta un regard furtif en direction de la voiture, où je me trouvais. La vieille femme en fit autant. Détournant le regard, elle hocha la tête en signe d'acquiescement, puis tendit sa main libre vers mon père. Mon père sortit son portefeuille et lui remit un billet clinquant neuf. La vieille femme scruta le billet à la lueur de la bougie, eut un recul, l'œil étincelant, c'était en effet beaucoup d'argent.

Mon père m'ouvrit alors la portière et je mis pied à terre. Aussitôt la vieille femme me précipita dans son taudis, sombre, empestant l'excrément de chèvre et le sommeil.

Sans un mot, elle m'allongea sur le sol, baissa mon pantalon, puis me déculotta. Elle posa la bougie sur un guéridon, m'écarta les cuisses. Tirant fortement sur une des lèvres, s'éclairant avec la flamme de la bougie, elle regarda à l'intérieur de mon vagin. Je savais ce qu'elle y cherchait, ma mère fouillait souvent à cet endroit de mon anatomie, je l'ai déjà dit, et je ne bronchai pas.

Au moment où le premier appel à la prière déchirait le silence, l'auscultation prit fin. Alors que je la croyais muette, la vieille femme me demanda de me rajuster. Ruisselante, sonnée par sa voix forte et gutturale, remontant ma culotte et mon pantalon, je me levai et la suivis hors du taudis.

Mon père se tenait debout, là où nous l'avions laissé, le regard chassant l'horizon. Le ciel s'illuminait, et le bidonville se réveillait, hideux comme l'enfer. Les pleurs d'un enfant, le bruit de l'eau qu'on transvase, les bêlements des chèvres prêtes à gagner le pâturage, les voix d'hommes en prière…

Mon père a fixé la vieille femme, et la vieille femme a soutenu le regard de mon père. L'instant d'après, elle a balancé la tête, de droite à gauche, puis de gauche à droite, sans qu'une expression se dégageât de son visage froissé.

Je suis foutue, me suis-je dit, les écarts avec l'apprenti ébéniste, ses frottements, son foutre, ajoutés à mes plaisirs solitaires, mes propres sécrétions, tout ça a fini par endommager mon hymen.

J'étais à deux doigts de défaillir, quand la bouche de la vieille femme s'est déformée en un large sourire.

– C'est bon, a-t-elle dit en continuant de sourire à mon père. Mais tâche de lui interdire les jardins publics.

– Oui, oui, a répliqué mon père. Que ceci reste entre nous, a-t-il ajouté avec inquiétude.

– Ça le restera… Tu n'oublieras pas ta promesse…

– Jamais de la vie, a dit mon père avec ardeur. Je tiendrai ma promesse et tu l'auras, ton passeport. Et ton autorisation de sortie, aussi, tu l'auras, cette année, grâce à Dieu, je m'en occupe personnellement, et tu seras en France avant l'automne, tu verras tes fils et tu me rapporteras de l'eau de Cologne, a-t-il poursuivi en montrant toutes ses dents.

Mais qu'est-ce qu'il est beau, mon papa. Cet homme est une merveille du monde, cette lumière rose jaillissant par flots de ses yeux, de sa bouche de ses narines de ses oreilles...

Mais qu'est-ce qu'il est beau, me répétais-je, prête à m'agripper à son cou, à l'embrasser, ici et maintenant, à le serrer contre moi, à le serrer fort, très fort, à en craquer ses vertèbres.

Prête à lui témoigner tout mon amour, cet amour dont je prenais enfin conscience, qui m'envahissait comme un torrent d'eau limpide, si limpide qu'elle purifierait une smala de pécheresses.

Prête à enfouir ma tête dans le creux de son bras, à baiser sa main, à me mettre à genoux, à me courber, à lécher ses pieds, à sucer ses orteils, à pousser un long cri, Je t'aime, mon papa.

Prête à me rouler par terre, dans la fange et dans la fiente, et à supplier mon auteur de me supprimer, Dieu te garde, toi qui m'as donné la vie, s'il te plaît, sur la mémoire de tes vénérés ancêtres, trucide-moi, zigouille-moi, je suis un rat d'égout,

je suis une larve,

un microbe,

je ne suis pas digne de ta paternité.

Transforme-moi en ce que j'aurais dû être depuis mon intrusion dans ta vie :

un ectoplasme.

Achève-moi et incinère-moi, sans homélie et sans chichis, ici, dans le four de cette vioque qui pue la mort.

Et qu'on en finisse…

Mais si tu décides de m'épargner, promets-moi de tout oublier, que ce sera là notre secret, et à mon tour je te promettrai de ne jamais plus te trahir. Que je me ferai exciser par la Sénégalaise, je me ferai coudre, s'il le faut, avec du gros fil, de l'acier…

Pas une syllabe n'a affleuré mon gosier, mes lèvres se scellèrent et durcirent comme du ciment. Tenant ma langue, retenant mon souffle, je n'étais plus qu'un paquet encombrant que mon père a de nouveau propulsé à l'arrière de sa voiture.

Dans une brume qui s'estompait, à travers le pare-brise, me réjouissant de cette soudaine bonne humeur de mon père, l'espérant pérenne, remerciant mon ange, je l'ai observé qui baisait le front de la vieille femme, glissant guilleret un deuxième billet dans sa main. Puis j'ai observé la vieille femme qui empochait ravie le billet et regardait, toujours aussi ravie, mon bienfaiteur de père démarrer sa voiture pourrie.

7

Un quart d'heure plus tard, mon père me
lâchait devant la porte de la maison. Par bonheur,
ou bien avait-il tout chronométré, le renard,
quand je me faufilais dans le lit, ma mère claqua
la porte de sa chambre. Le pas lourd, elle s'en
allait aux corvées.

Le soir venu, mon père annonça sa décision.
Comme il ne quittait jamais sa chambre après le
dîner, ses pas martelant le carrelage de l'escalier
puis ceux du couloir électrisèrent la pièce où
nous entamions le dessert, la radio en sourdine.
L'instant d'après, sa silhouette se découpait dans
l'embrasure de la porte, et sa voix frêle couvrit
sans peine celle du speaker de la météo, qui

concluait ses prévisions par le rituel «Et Dieu seul sait…».

Quand mon père eut fini d'annoncer leur visite, la nature, le jour et l'heure de leur visite, ma mère, jusque-là statue de sel, planta le couteau à large lame dans la pastèque et s'écria :

– C'est une plaisanterie ou quoi ?

Alors que nous nous préparions à des éclats de voix, ma mère n'a plus rien dit. Elle s'est mise à éventrer le fruit et à ricaner, sans bruit, le regard mi-soucieux mi-incrédule ; ma sœur cadette se mordait la lèvre, les yeux hors de la tête ; les jumelles, trop petites pour comprendre ce qui venait de se dire, s'agitaient autour des quartiers rouges ; mes frères, refoulant un fou rire, échangeaient des clins d'œil ; le nourrisson, une nourrissonne, jusque-là silencieuse, cherchait à être à bras, je la pris et dus un peu la secouer.

Mon père n'a pas répondu, et, ô merci mon ange, il n'a pas donné la raison de sa décision, pour le moment de lui et de moi seuls connue sous ce toit. Il a juste sommé ma mère de bien les recevoir, de se soumettre surtout aux conditions qu'elles apporteraient. Rebroussant chemin, il a ajouté qu'il ne voulait pas de dessert, signe qu'il prenait la chose au sérieux, que ma mère n'avait pas intérêt à enfreindre son commandement, qu'elle se rende bien compte qu'elle n'avait pas son mot à dire, comme d'habitude en somme, et qu'une crise d'hystérie ne servirait à rien.

La petite a cessé de chouiner. À cause de la touffeur de l'air, mais aussi d'avoir été secouée, elle a rendu son lait sur mon épaule. L'odeur du vomi s'est vite répandue, j'ai eu envie de rendre mon repas. Ma mère me l'a arrachée des bras et a dit :

— Va réviser, et tâche de te coucher tôt.

Le lendemain, je passais l'examen ; une journée entière, avec une pause à midi durant laquelle je me rendis sur l'oued asséché où, malgré moi, j'ai médité sur mes chances de réussite.

Les épreuves de maths se déroulèrent la matinée, celles des langues l'après-midi, ou inversement, je ne sais plus. En revanche, je me souviens d'avoir quitté la salle avec les derniers. Parce que je le lui avais demandé juste avant de gagner la salle d'examen, j'avais espéré que la fille assise devant moi céderait à ma requête en levant ses copies de façon que je pusse les lire par-dessus son épaule. Il n'en fut rien. Elle resta concentrée jusqu'à ce que les examinateurs annoncent la fin. Je remis mes feuilles blanches, aussi nues que l'Antarctique.

Quand ma mère me demanda si j'avais bien travaillé, évitant ses yeux, je répondis :

– Impeccable.

– Très bien, a-t-elle dit en plissant les paupières de joie. Je le savais, a-t-elle poursuivi dans un soupir d'extase. Dès que ton nom paraîtra dans le journal, je prendrai les choses en main. Et tu feras des études. Ton père pourra alors se brosser le ventre, a-t-elle ajouté en frétillant.

Je ne l'avais jamais vue aussi heureuse, aussi confiante, surtout. Je lui servais mon premier gros mensonge, et elle me croyait, les yeux fermés.

8

Nous les attendions pour le goûter, juste après la sieste, rituel de rigueur dans cette ville du désert. Le printemps se finissait et il faisait une chaleur à fendre le crâne d'un dromadaire. Le sol fumait et les mouches qui s'aventuraient à voltiger restaient figées dans les airs puis s'effondraient inertes sur le sol.

La veille, en pétrissant la pâte des beignets, ma mère voulut m'en parler. J'eus peur, si elle le faisait, de lui révéler la genèse de cette visite. Comme elle ne semblait toujours pas y croire, ou que, sûre de mon succès à l'examen, elle pensait les éconduire, elle se ravisa. Puis elle commença la friture des beignets. Les beignets, qu'elle boulangeait comme une fée, pour qu'ils soient bons, ne devaient pas passer la nuit. Mais elle n'en avait cure, ma mère, elle le fit même exprès.

Malgré la chaleur, mes sœurs jouaient à la marelle, dans la cour. Le claquement de leurs pas pourtant sourds sur les tomettes irrita ma mère. Elle leur ordonna de gagner leur chambre et d'y rester jusqu'à ce qu'elle les rappelât. Puis elle se précipita dans la salle de bains, où elle vomit à grands bruits, signe qu'une nouvelle graine germait dans ses entrailles.

La dernière-née n'avait que sept mois, mais sur ordre de mon père, et au grand dam de ma mère, qui comptait sur l'allaitement pour espacer ses grossesses, elle était déjà sevrée. Lorsqu'elle s'apercevait que nous étions trop nombreux, que la mort lui serait plus douce que la vie, qu'elle était à bout de forces et à bout de raison, ma mère fulminait :

– Ah, si votre père aimait d'autre lait que le lait de chèvre…

Quand elle eut fini de vomir, ma mère se servit un verre d'eau qu'elle but par petites gorgées, assise sur la banquette, le visage exsangue.

Passant sa main sur son ventre, elle dit :

– Ça sera peut-être un garçon.

Comme toujours elle disait.

– Qui sait ? Dieu est miséricorde, ajouta-
t-elle.

Comme toujours elle ajoutait.

– Si c'est une fille, qu'elle s'accroche comme
un microbe, nous sommes encore dans le pétrin,
poursuivit-elle.

Comme toujours elle poursuivait.

Se souvenant tout à coup de la visite, elle se
leva. Allant de la cuisine au salon, elle disposa thé
et beignets sur un plateau, le plus laid que nous
possédions, en aluminium rouillé par endroits.
Quelques minutes plus tard, quand tout fut prêt,
elle sortit ses cartes espagnoles, qu'elle rangeait
dans un tiroir du buffet, là où mon père, le « car-
tésien », se targuait-il, n'allait jamais. S'asseyant,
elle me demanda d'en faire autant. Mets-toi face
à moi, répéta-t-elle en battant avec énergie les
cartes, qu'elle me tirait pour la première fois.

D'ordinaire, estimant que j'étais trop jeune
pour ce genre de prédiction, que ça contrarierait
les anges qu'on veuille interférer dans leurs projets, que ça exciterait diable et djinns qui gravi-

taient autour moi, moi qui par ma seule appartenance à la gent féminine étais une impure, argumentait-elle le plus sincèrement du monde, elle ne me permettait même pas d'y toucher, à ses cartes. Ce jour-là, ma mère se fichait même des anges, et je me suis laissé faire, avec sérénité, ses cartes ne disaient pas le passé, de toute façon, et mon visiteur ailé veillait, me suis-je dit en me posant à terre, face à ma mère.

Quand elle eut fini de battre ses cartes, elle les déploya sur la table basse qui nous séparait, puis m'ordonna d'en désigner sept, en commençant par la droite.

Une fois la dernière carte désignée, ma mère les a retournées, compulsées, retournées de nouveau, scrutées…

Levant les yeux dans ma direction, avec énervement, elle a bredouillé :

– Je ne sais pas, je ne vois rien.

Ma mère, l'extralucide, a dû voir mon échec à l'examen, ai-je déduit avec un pincement au cœur.

Elle rangea les cartes et se mit à arpenter la pièce, comme à la recherche de quelque chose ou de ses esprits. Et plus l'heure approchait, plus elle devenait vieille et hideuse. Pour la moindre contrariété, ma mère perdait son sang-froid. Pour un oui ou pour un non, elle poussait des gueulantes à s'en démancher le cou, à s'en briser les mandibules, à en cracher ses amygdales. Elle les poussait si fort, si longtemps qu'on aurait dit que seule la mort les arrêterait. Elle se frappait le visage, elle se lacérait les joues, elle s'arrachait les cheveux par touffes en prenant Dieu, ses prophètes et les saints de la terre à témoin. Mon père, qui avait reçu un peu d'instruction, à l'école pour indigènes, instruction couronnée par un certificat de fin d'études, dont il se vantait à vous écœurer du savoir, l'appelait «Folcoche». Comme dans le roman d'Hervé Bazin, fanfaronnait-il à l'intention de mes frères, qui restaient de marbre. Mes frères pris de pitié pour leur mère, qui méprisaient leur père, mais qui jouaient à acquiescer aux carrières grandioses qu'il projetait pour eux.

— Oui, père, de brillantes études, répliquait le brun.

— Oui, père, une culture sans limites, renchérissait le rouquin.

— Nous serons médecins, disait le brun.

— Nous serons médecins pilotes de ligne ou chercheurs à la NASA, enchaînait le rouquin.

— Nous irons dans les grandes écoles…

— À Paris Moscou Londres ou Boston.

— Des écoles scientifiques, soulignait leur père.

— Ce qui ne nous empêchera pas de connaître Voltaire Racine Mallarmé et Hervé Bazin sur le bout des doigts, poursuivaient mes frères.

— Comme votre père, disait mon père.

À moi, mon père ne disait rien, et tout ce qu'il avait attendu de moi, c'est que je plie bagage et décampe au plus vite de ses murs, et de sa vie, même si, à bien considérer, je n'y ai jamais figuré, dans sa vie, sinon comme une plaie, une saillie nuisible au bien-être de mon auteur.

Aussi, et parce qu'un fakir autrefois lui avait prédit une descendance nombreuse et exclusivement mâle, prédiction qui fit des envieux dans l'oasis, mon père ne s'attendait pas à ma naissance et encore moins à devenir l'auteur d'un gynécée, si bien que l'annonce de mon sexe, quelques minutes après mes premiers vagissements, lui fit perdre la tête.

— T'en es bien sûre ? avait-il dit à ma grand-mère, sa mère qui, jusqu'à sa mort, avait vécu chez nous.

— Oui, avait répondu ma grand-mère.

— C'est impossible, je ne peux pas y croire, va encore regarder, avait-il dit sans se départir de son calme légendaire.

Après confirmation, les nerfs d'acier de mon père cédèrent, l'abandonnant à une dépression restée dans les annales de la famille, une dépression qui, malgré ses consignes de silence, s'ébruita, chauffant les gorges, animant les jactances de troquet et de hammam.

Pendant des jours, mon père vécut enfermé dans sa chambre, sans manger, sans se laver, refusant les visites, ingurgitant des barriques de vin et des litres de pastis. De temps à autre, il convoquait ma mère puis la sienne. Avec calme et mesure, il accusait la première d'adultère et la seconde de complicité d'adultère, signalant au passage les peines encourues par l'une et l'autre, rappelant qu'il connaissait les lois, lui, que ces lois fussent napoléoniennes ou du Livre, de tous les Livres, du reste. Puis terminait sa diatribe avec la promesse de s'organiser pour surprendre ma mère en flagrant délit (décidément), et qu'alors il la répudierait devant Dieu et devant les hommes, qu'il se remarierait presto avec une femme digne de ses spermatozoïdes…

J'étais sa première fille et son troisième enfant. Si cette histoire de fakir n'avait pas existé, s'illusionnait ma mère, il m'aurait peut-être acceptée. En tout cas, il ne m'aurait pas rejetée de la sorte. Il nous aurait peut-être toutes acceptées – après moi, et quelques fausses couches plus tard, sont nées quatre filles, et plus un seul garçon. Si le fakir en question avait été encore de ce monde à ma naissance, poursuivait ma mère, mon père lui aurait sans aucun doute fait la peau.

– Il l'a échappé belle, le charlatan, pouffait-elle, occultant les accusations d'adultère de mon père, accusations qu'il n'a jamais cessées de proférer, de façon allusive ou non, qui plus tard affûteront les délires de ma mère.

Mon amant, Dieu ait son âme, dira-t-elle, était un homme comme on n'en fait plus. Mon amant, votre père, était d'une vivacité et d'une vigueur inégalables, sa douceur et sa sensibilité sans limites, la crème des hommes. Si le saligaud, le tuberculeux qui me viole tous les soirs ne l'avait pas achevé, vous auriez eu un père, vous aussi, vous auriez eu un père digne de ce nom. Vous auriez fait des études. Vous seriez aujourd'hui des femmes libres et enviées, il aurait été fier de vous, votre père, mon tendre amant, répétait-elle en élevant la voix, de manière à ce que mon père l'entendît. Mon amant, finissait-elle dans un hurlement, la fine fleur des hommes…

Pendant plus de huit mois, mon père ne se pencha pas sur mon berceau, il ne savait pas à quoi je pouvais ressembler, ma mère avait reçu l'ordre de ne jamais me montrer. Puis un jour, il me vit. Ma mère m'avait posée sur une peau de mouton, dans la cour. Mon père rentrait plus tôt du travail, et il me vit.

– Mais on dirait un garçon ! avait-il exulté.

Alors que ma mère et ma grand-mère accouraient pour me rapatrier dans un coin de la maison, il s'écria :

– C'est bon, laissez-la.

Calmant sa toux, il m'observa sous toutes les coutures. Vaincu par l'extase, il conclut que j'aurais tout d'un homme, l'esprit et l'intelligence, le courage et la force…

— Vise-moi ces épaules, et ce regard, dur comme le roc. Elle a rien d'une fille. Tu lui mettras les affaires de ses frères, je ne veux la voir ni en rose ni en blanc. Comment est-ce qu'elle s'appelle déjà ?

— Djamila, bégayèrent ma mère et ma grand-mère.

Mon prénom signifiant «jolie», mon père, mauvais, grogna :

— Vous manquez pas d'air…

Puis recouvrant sa bonne humeur :

— Eh bien, dorénavant, on l'appellera Djamel.

Quelques mois plus tard, mes premiers cheveux commencèrent à pousser, j'étais née chauve, et j'entamais ma vie de bipède. Une fois de plus, mon père m'observa longuement, et son visage se rembrunit.

— Elle se dandine trop, lâcha-t-il, et ses cheveux sont rouges comme la géhenne.

Ensuite, il ne dit plus un mot, à mon sujet, il ne me nomma plus, ni Djamel ni Djamila, il ne s'inquiéta plus de mes besoins, je ne comptais plus, je n'existais plus, ou seulement pour prendre des coups de pied dans le tibia. Il m'en assénait à volonté, surtout quand il venait du monde chez nous, ses collègues, ses frères, sa sœur. Mes cousines, adultes ou enfants, consternées ou ébahies devant tant d'acharnement :

– Qu'est-ce que tu lui as fait, à ton père ? me demandaient-elles, les yeux écarquillés, la bouche grande ouverte.

Il me donnait ces coups, le bouffon, pour faire rire les autres. Qui riaient. Mais aussi et surtout pour montrer qu'il contrôlait sa progéniture du sexe féminin, qu'il ne la reconnaissait pas, qu'elle lui avait été imposée.

Aujourd'hui encore, les stigmates des supplices de mon bourreau, des auréoles brunes, continuent de se réveiller et de me lancer comme si je les avais reçus la veille. Mais ça, c'est une autre histoire.

Qu'il ne m'adresse pas la parole, qu'il ne me regarde pas, me paraissait alors dans l'ordre des choses. Un père ne converse jamais avec sa fille, me disais-je, un homme ne se livre pas à ses filles ses sœurs sa femme, et mes frères cesseront de me parler une fois adultes, croyais-je, ils ne me taquineront même plus, ils ne me regarderont plus ou seulement le menton dégouttant de haine et de mépris. Dieu merci, je me suis trompée sur toute la ligne, la maturité n'a pas transformé mes frères. Au contraire, des années plus tard, mariés et pères de famille, ils redoublèrent de tendresse et de générosité, et c'est bien grâce à eux que cet été-là j'échappai à la mort.

Mon père, disais-je, appelait ma mère Folcoche, et je détestais qu'il l'appelât Folcoche, je le haïssais, je le méprisais, comme je détestais que ma mère se mît à crier à se frapper à se déchirer le visage à s'arracher les cheveux, prenant Dieu, ses prophètes et les saints de la terre à témoin.

9

Ce jour-là, ma mère ne criait pas, elle ne s'arrachait pas les cheveux, elle ne s'abîmait pas le visage, elle ne prenait personne à témoin. Elle n'émettait pas un bruit, pas un son, et avait cette même expression mi-soucieuse mi-incrédule qu'elle avait eue au moment où mon père avait annoncé leur visite. Mais plus l'heure avançait, plus ses traits se décomposaient, de façon ahurissante.

Puis l'heure est venue.

Le claquement de la porte d'entrée et la rumeur de leurs voix dans le patio eurent alors raison de ma mère. Elle tremblait de la tête aux pieds, ses joues cramoisies, rutilantes de sueur, se creusaient à vue d'œil, et son visage se tordait

pour ressembler à celui d'une démente au bord
de la transe.

Au moment où elle les devina au milieu de la
cour, la peau de son visage brusquement sécha,
devenant jaune, puis grise, un peu comme la peau
de ma grand-mère dans son linceul. En compa-
raison avec le délit, sa flagrance, et le chantage
tacite que m'infligeait mon père, ce qui arrivait
me paraissait un moindre mal, voire une délivrance. Mais lorsque je ne vis plus que le blanc
des yeux de ma mère, une douleur entama les
muscles de mon ventre, qui durcit comme pierre,
et je ne pus réprimer les sanglots qui fusèrent de
ma gorge.

M'apprêtant à tout lui dire, à hoqueter, C'est
ma faute, maman, il n'y est pour rien, il aurait
pu me tuer, te répudier, nous jeter dans le désert,
tes sœurs s'en seraient frotté les mains, ma mère
a quitté cet état de transe, et je n'ai rien dit.

Se tamponnant le visage avec un mouchoir,
ma mère a inspiré et expiré plusieurs fois de
suite. L'iris brillant de larmes refoulées, elle a
marmonné :

– Ne pleure pas, nous allons les accueillir.

Ce que j'ai traduit par, On va leur montrer de quel bois on se chauffe, et j'ai failli lâcher, Fais pas l'idiote, maman...

Jusqu'à la dernière minute, me dira-t-elle au téléphone, des années plus tard, quelques semaines avant sa mort, quand elle ne vivait déjà plus dans le présent, qu'elle s'inventait des amants et des vies parallèles, elle avait espéré qu'elles ne viendraient pas.

Elles étaient là, sans une miette de retard, quatre en tout, rabougries ou épaisses, soufflant et suintant sous leurs voiles blancs ou défraîchis. Une très jeune fille, probablement de mon âge, le front exagérément fleuri d'acné, les accompagnait. Elle portait avec peine un couffin qui la faisait pencher de côté.

Je ne savais pas que ces femmes existaient. Je pensais qu'en ces jours, fraîchement décolonisés, la terreur éloignée, les jeunes gens et les jeunes filles s'arrangeaient entre eux avant d'impliquer leurs familles, et que ces femmes figuraient seulement dans les histoires d'un autre temps. De ce temps où, sans identité, sans citoyenneté, livrés à eux-mêmes et aux seules lois tribales, les hommes brimés se vengeaient de leur oppresseur en fourguant au rabais les femmes, leurs filles et leurs sœurs, à des hommes aussi brimés qu'eux qui à leur tour passaient leurs nerfs sur ces mêmes femmes, leurs épouses, en les violant, les cloîtrant, les battant.

Bref, je pensais que ces visiteuses appartenaient aux histoires entendues çà et là, lors de palabres de femmes, au hammam et dans les mariages. Et, à vrai dire, leur existence, leur présence chez nous, ce jour de fin de printemps et de grande canicule, m'était salutaire, mais à cause du blanc des yeux de ma mère, j'ai souhaité leur anéantissement.

L'œil tout à coup sec, la ride profonde entre les sourcils, ma mère a écarté le rideau qui séparait la pièce principale de la cour. Au lieu de leur céder le passage, après tout nous avions le sens de l'hospitalité, elle s'est tenue debout, dans la béance de la porte, jusqu'à ce qu'elles soient tout près, presque à ses pieds. Finalement, elle s'est effacée.

Soufflant par les naseaux et la bouche, elles se déchaussèrent, puis s'introduisirent dans la pièce. Délestée de son couffin, la jeune fille rebroussa chemin, discrètement, son regard fuyant le mien.

Les quatre vieilles se posèrent sur la banquette poussée contre le mur, puis laissèrent tomber le voile. Leurs joues leurs cous, jusqu'à la naissance de la poitrine, se liquéfiaient, accentuant le flétrissement de la peau. Elles s'épongèrent avec des mouchoirs larges comme des torchons, extirpés du corsage. Quand leur respiration redevint normale, elles ouvrirent la bouche. Elles voulaient se désaltérer.

Ma mère a fait la sourde oreille, je leur ai donné à boire, non pas l'eau de la gargoulette, fraîche et parfumée, ni celle, précieuse, de notre frigo, de marque soviétique, attendu depuis des lustres, acquis grâce au précieux bon, livré tout récemment, ni même l'eau du robinet, mais l'eau du pichet en plastique, et à même le pichet. Je voyais bien qu'elles n'étaient pas contentes, je voyais bien qu'elles auraient préféré ne rien avoir à boire du tout plutôt que cette eau chaude comme pisse, mais je n'en avais rien à faire, et elles n'ont pas émis de protestation.

C'est alors que j'ai reconnu la vieille des bidonvilles, propre comme un sou neuf. Comme les autres, elle fleurait *Ploum-Ploum*, une eau de toilette verdâtre, très bon marché, nauséabonde, proche du formol, connue dans tout le pays, que s'offrait parfois ma grand-mère, paix sur elle, et dont on l'avait embaumée lors de sa toilette mortuaire.

Je m'apprêtais à quitter la pièce, quand ma mère me fit signe de rester. Injonction qui m'ennuya au plus haut point : je n'aimais pas la compagnie des vieilles, et je voulais aller dans le jardin, me caler contre le tronc d'un palmier, au bord du ruisseau, lire ou faire une sieste sans avoir à me soucier de ce que les femmes auraient pu apprendre à ma mère. Le «secret» était bien gardé, me dis-je en jetant un œil à la vieille des bidonvilles qui maintenant bâillait, les yeux vissés au sol. Mon père l'avait largement rémunérée, deux beaux billets de banque, sans compter la promesse du passeport et de l'autorisation de sortie, et même s'il avait prémédité le «délit», mon père n'allait pas crier sur les toits que sa fille se faisait sauter dans le jardin public, ni qu'il s'était assuré de «son honneur» dans un taudis…

Une fille qu'on demande en mariage ne doit-elle pas très vite s'éclipser? ai-je alors eu envie de crier à ma mère. Je ne criais jamais après ma mère, ni après personne, et je suis restée.

D'un même regard, hormis la vieille des bidonvilles, qui maintenant examinait ses orteils, elles me jaugèrent, et tout de suite comprirent que j'étais l'objet de leur visite. J'aurais pu, en effet, être la fille d'une voisine, ou une nièce de la famille, venue aider ma mère à les accueillir, et vraisemblablement, je ne leur plaisais pas. Un bon point pour ma mère qui avait tenu à ce que je garde mon vieux pantalon de survête-ment et mon T-shirt troué aux aisselles, comme elle avait voulu que j'aie les cheveux gras et en broussaille.

Le thé refroidissait. Les beignets suaient et racornissaient, on aurait dit du caoutchouc. Elles ne touchèrent ni au thé ni aux beignets, ma mère n'avait pas renouvelé son invitation.

Quand elles commencèrent à déballer les offrandes, ma mère dit:

– Ma fille n'est pas à marier.

La plus fessue eut un haut-le-corps.

– Les joailliers sont les demandeurs.

– Je le sais, dit ma mère. Et ça ne nous inté-
resse pas…

– Ce n'est pas l'avis de son père.

– Son père est un irresponsable, je ne te
l'apprends pas, Fatma…

– La parole est donnée.

– De quelle parole est-ce que tu parles ? dit
ma mère dans un soupir de lassitude.

– De la parole des hommes…

– Et alors ? Tu consentirais, toi, à offrir ta fille
ou ta petite-fille dans ces conditions ? Sachant
ce qui l'attend ? As-tu marié ne serait-ce qu'une
seule d'entre elles jeune et de force ? Non. Tu
en as encore une qui a le double de l'âge de la
mienne, et qui fait des études. La harcèles-tu ?

– Je n'aurais pas refusé une alliance avec la
plus grande famille de la ville.

– Eh bien moi je la refuse, cette alliance,
s'écria presque ma mère.

– Les joailliers se sont prononcés pour une
promesse de mariage, précisa la marieuse en
chef. C'est son père qui semble pressé. Et il a bien

90

raison, ces gens-là peuvent changer d'avis d'un instant à l'autre, ajouta-t-elle.

— Ma fille ira faire ses études dans un internat, dès la prochaine rentrée, à la capitale, répliqua ma mère, bombant le torse, ignorant la mise en garde de la marieuse. Elle se mariera quand elle le voudra avec qui elle voudra. Dans vingt ans, trente ans, inchallah. Et peut-être jamais…

Les résultats de l'examen, au moment de la demande en mariage, n'étaient pas encore tombés. Mes frères rapportaient le journal tous les matins, ils le feuilletaient puis l'épluchaient devant ma mère, sûre alors de mon succès. Ma mère qui ne cessa pas de croire aux miracles, qui déjà maudissait ses cartes, je ne la reverrai plus les étaler.

— C'est son père qui le veut, précisa encore la marieuse en chef. Si ça ne dépendait que de lui, il la livrerait avant la fin de l'été, ta fille, poursuivit-elle avec ironie. De plus, ajouta-t-elle, le célibat est proscrit par notre religion. Qu'Allah te pardonne de l'envisager pour ta propre fille.

— Et qu'Il bénisse ta descendance, on ne marie plus ses filles de cette manière, dit ma mère avec calme.

Puis recouvrant son énergie :

— Dis-leur que la mienne ne correspond pas, d'ailleurs, elle ne correspond pas. Elle ne sait rien faire de ses dix doigts. Elle ne sait même pas tenir une serpillière…

— Elle apprendra…

— Elle est si petite…

Petite n'était pas le mot. Je n'avais pas encore quatorze ans, c'est vrai, mais je mesurais près d'un mètre soixante, aussi haute que ma mère, et pubère depuis des lunes. Ma mère qui l'avait découvert à ses dépens en était restée estomaquée.

M'attendant à un esclandre, à des incriminations et à des humiliations, je ne le lui avais pas dit. Elle était tombée sur mes culottes sales par hasard, en soulevant le matelas sous lequel je les avais dissimulées en attendant de savoir quoi en faire, les laver ou m'en débarrasser.

Comme j'avais découvert la première tache de sang en faisant pipi, le matin, ne me doutant pas alors que j'intéresserais les anges, qu'un jour Bouzoul viendrait me trouver, je n'eus d'autre choix que de conclure à une visite malfaisante. Ma mère, elle, conclut aussitôt aux règles. C'était comme si je venais d'échapper à une exécution, et ses jérémiades me laissèrent de glace.

— Mon Dieu, répétait-elle. Tu as à peine onze ans. Oh, mon Dieu, moi aussi, à ton âge… Oh, ma pauvre, tu as tout pris de moi, difforme avant l'heure…

Puis :

— Qu'on ne le sache pas, qu'on ne le sache surtout pas.

On ne l'a pas su, que j'avais mes menstrues, je ne l'ai dit à personne, pas même à la fille du juge, mais en peu de temps mon corps avait pris des rondeurs telles qu'il fallait être aveugle pour ne pas voir qu'il pouvait porter, hantise suprême de mon père, qu'un jour je sois grosse. Clandestinement et sous son toit, cela va sans dire.

Les marieuses commençaient à se lasser de ma mère, et moi aussi. Elles commençaient à se lasser de son accueil, de ses propos, de son obstination, de sa plaidoirie, et le montraient en parlant le moins possible, renonçant à leur mission d'exposer les conditions de la famille « demandeuse ».

— Regardez-la, poursuivait ma mère avec une

intonation de triomphe dans la voix. Regardez comme elle est souillon. Elle n'est même pas capable de se coiffer sans mon aide… Elle sera un fardeau pour les joailliers, ils t'en blâmeront, Fatma, crois-moi…

La marieuse en chef leva alors un œil dans ma direction, puis, d'un mouvement de la main, elle ordonna qu'on remballe les offrandes, du sucre, du café, de la farine, des coupons de tissu, de la lingerie, des rideaux, des draps, des nappes, que j'avais trouvées particulièrement jolies, blanches et en dentelle, le genre de nappes que je ne poserais pas aujourd'hui sur ma table.

– Tu le leur diras, insista encore ma mère. Tu leur diras que ma fille n'est pas à marier, que ce n'est pas ce qu'il lui faut, au fils des joailliers, Dieu le garde et le bénisse, qu'elle sera une piètre épouse et une bru encombrante. Regarde-la encore. Par tous les saints, regarde-la et sois sincère. Peut-on accepter de marier une enfant ? Ni Dieu ni ses prophètes n'approuveraient…

– Aïcha n'avait pas dix ans quand elle est entrée dans la maison de l'Envoyé…

Ma mère haussa de nouveau le ton :

— Le fils des joailliers n'est pas un prophète, ni même un poète.

La vieille des bidonvilles l'ouvrit enfin :

— Le mariage sera consommé à l'âge légal…

— Il ne sera même jamais consommé, dit ma mère entre ses dents.

— Ne sois pas médisante, l'*Étrangère*, répliqua la marieuse en chef.

— Ma fille va servir d'alibi, vous le savez tout autant que moi. Et à l'heure où je vous parle, l'oasis entière le sait, que ma fille va servir d'alibi et qu'on en fera une boniche et une recluse… Mais admettons que non. Admettons qu'il s'agisse de ragots. Et ses études ?

— Pour quoi faire, des études ? A-t-on jamais vu une femme mariée faire des études ? lâcha la vieille des bidonvilles.

Qui me vrilla du regard. Un regard qui signifiait qu'elle tenait ferme à ses projets, que personne n'avait intérêt à les chahuter. Tandis qu'un froid parcourait mon dos, je me revis étalée sur le sol de son taudis, son nez entre mes jambes écartées. Puis je fixai ses lèvres et les imaginais remuer pour proférer ceci : Pour qui est-ce que tu te prends, l'Étrangère ? De quoi est-ce que tu te vantes, héroïne de mes deux ? Qui crois-tu que tu vaux, toi qui ne sais même pas interdire à ta pisseuse les jardins publics ?

La voix de ma mère me sortit du cauchemar :

– Eh bien oui, ma fille fera des études… Voudrais-tu qu'elle oublie le peu de français qu'elle a appris ? qu'elle devienne comme nous, obligée de passer par un interprète pour parler aux médecins ? qu'elle signe sa carte d'identité avec l'empreinte de son index ? qu'elle soit incapable de lire le cahier de notes de ses gamins… Si tant est qu'elle ait des enfants, ajouta-t-elle en baissant la voix.

– Les hommes se sont entendus, trancha la marieuse en chef.

– Par tes aïeux, lui dit ma mère, ton fils est imam, tu as le pouvoir de désapprouver…

Fixant le couffin d'où dépassait une nappe de dentelle, ramassant ses lèvres en un cerceau strié, la marieuse en chef secoua la tête. Ce qui signifiait tout et n'importe quoi. Qu'elle était déterminée et donnerait son approbation, Jolie jeune fille, bien élevée, forte et énergique, un vrai cadeau, ces offrandes ne sont pas à la hauteur de la fiancée… Ou qu'elle compatissait et arrêterait net ce projet, Fille gauche moche une tache qui salirait le décor de votre auguste demeure, un vrai fardeau, ne mérite pas vos cadeaux. Autrement dit, trouvez-vous quelqu'un d'autre, et fissa, les joailliers.

L'instant d'après, une des quatre femmes, qui n'avait pas proféré un mot, humectant bruyamment ses lèvres asséchées, demanda si quelqu'un pouvait les aider à porter le couffin, dans le cas contraire, pouvaient-elles le laisser ici.

Arquant un sourcil de franche victoire, ma mère lui répondit que non, un non net et ferme, qu'elles devaient impérativement rapporter leur bien aux joailliers, et ne plus jamais remettre les pieds ici.

Là-dessus, les quatre vieilles femmes s'enroulèrent dans leurs voiles et se dépêchèrent de gagner la cour. Nous les regardâmes partir, portant le couffin à deux, clopin-clopant, suintant par tous les pores, soufflant par la bouche et les naseaux…

Quand la porte d'entrée battit sur ses gonds, ma mère s'esclaffa :

— Elles sont en train de me maudire. Elles sont en train de me maudire et de maudire mes ancêtres jusqu'au premier embryon de la première génération, mais ça m'est égal, le dernier mot, c'est Jeanne qui l'aura, a-t-elle ajouté, serrant le médaillon dans sa main, trépignant comme une enfant.

10

Le soir même, quelques minutes avant le dîner, mon père, d'ordinaire calme, il était méchant mais calme, ou plus exactement froid, si froid que rien ne semblait l'ébranler, je l'ai déjà dit et ne le dirai jamais assez, est entré dans une colère sans précédent.

Quand il eut fini de casser la vaisselle, de vider le repas dans la poubelle, non sans avoir épargné sa part, le glouton, il se mit à aboyer que ma mère et la fille de celle-ci, moi, évidemment, allaient à leur perte, qu'on l'envoyait droit dans le mur, que ma mère ne pensait pas à l'avenir de ses fils, que la dot était conséquente, que, pour un tas de raisons, il avait besoin de cet argent, de l'argent en monnaie forte, d'ailleurs, des devises, des vraies, un pactole qui financerait les études de ses fils, qui payerait leurs écoles, là-bas, en France, que ma mère le déshonorait, que son obstination à vouloir garder sa fille à la maison montrait bien qu'elle lui cachait le pire, entendre que je n'étais plus vierge et à deux doigts d'être fécondée, que chaque famille dans la ville et plus loin rêvait d'une alliance avec les joailliers, qu'une occasion pareille ne se représenterait pas, plus jamais, qu'elle n'était pas encore née, la femme qui chahuterait ses plans, qu'elle ne l'effrayait pas, la Folcoche, que si elle avait eu un grain de bon sens, et rien à se reprocher, elle ne se serait pas opposée à ce mariage, elle n'aurait émis aucune objection, elle aurait été diligente et soumise, comme toute épouse digne de ce nom.

Et ainsi de suite, jusqu'au déclenchement de sa crise de toux.

Juste après la dernière quinte, sans se déchirer les joues, sans s'arracher les cheveux, ni interpeller Dieu, ses prophètes et ses saints, haussant à peine le ton, juste de quoi se faire entendre, ma mère lui répliqua qu'il bradait sa fille, une enfant qui avait encore le lait de sa mère entre les dents, l'offrant à un homme qui n'en était pas un, un

garçon qui ne serait jamais un homme, dût-il
naître de nouveau, qui ne s'en cachait même pas,
à rouler des mécaniques sur le Grand Boulevard,
aguichant tout ce qui bouge, que si la famille
de ce pauvre garçon n'avait pas été ce qu'elle
était, les enfants l'auraient pourchassé et hué
dans les rues, comme on pourchasse et on hue
les gens fous, et qu'elle le dénoncerait, lui, son
mari, à l'imam, au juge, et au procureur de la
République, s'il le fallait, car ce qu'il envisageait
pour sa fille, sa propre fille, un mariage alibi, allait
à l'encontre et de la loi et de la religion et de tout
entendement.

Là-dessus, les yeux hors de la tête, mon père
se remit à casser d'autre vaisselle. En moins de
deux, il brisa la moitié du service de porcelaine,
celui auquel ma mère tenait, qui avait servi à la
cérémonie de circoncision de mes frères, puis il
cogna les murs avec les poings les pieds la tête,
vociférant que ce qui lui servait d'épouse était
non seulement une folle, mais une vicelarde, un
être de «basse extraction», ajouta-t-il en français.
(Pour la mettre hors d'elle, pour l'humilier et
lui rappeler son illettrisme, mon père mitraillait
ma mère d'expressions ou de mots savants, en

français.) Qu'en savait-elle, la demeurée, de la vie de ce prétendant comme-il-faut dont la famille était plus-qu'il-ne-faut, trop bien pour elle, une «gueuse» (en français) qui avait fui sa famille et défié l'autorité de son père?

Comment osait-elle lui parler de la sorte? poursuivait-il. Comment osait-elle, la putain, ha, ha, ha, oui, j'ai bien dit putain, oui, oui, tu chasses le naturel, il revient au galop, ho, ho, ho. Comment osait-elle lui parler de la sorte, à lui, l'homme respecté de l'oasis, devant qui les caïds se prosternaient, le suppliant de lui accorder la main de sa fille? Que de toute façon, elle ne trouverait personne, l'ignare, l'arriérée mentale, le singe crieur, pour écrire au juge ou au procureur ou à quiconque, qu'il interdirait à ses fils de bouger le moindre stylo pour elle, qu'ils ne lui désobéiraient pas, ses fistons, de même qu'il l'interdirait à ses collègues, qui ne daigneraient pas répondre à sa requête, qu'ils ne lui feraient pas cet affront, pas à lui, le plus grand le plus efficace écrivain public de la ville et de la région.

Puis, la main appuyée contre le mur, le torse incliné vers le sol, il se remit à tousser et à cracher dans son mouchoir. Quand il eut cessé, le fixant droit dans les yeux, de ses yeux verts criblés d'étincelles, ma mère annonça qu'elle irait elle-même au tribunal de la ville, qu'elle se déplace-rait jusqu'à la capitale, qu'elle le dénoncerait de vive voix, en présence de témoins, qu'elle en connaissait du monde, elle, ses compagnons d'armes, qui ne pouvaient pas l'avoir oubliée, que du beau linge, et non pas des subalternes qui se prennent pour des poètes, qu'elle les retrouverait tous, ceux-là qui l'avaient surnommée Jeanne d'Arc, qu'elle lui montrerait de quoi était capable l'illettrée, l'arriérée mentale, la gueuse et le singe crieur, répétait-elle comme dans un délire, la voix calme et égale mais les yeux tout à coup tourbillonnant dans leurs orbites, la ride entre les sourcils plus creuse que jamais, qu'il n'oserait plus l'humilier avec ses mots « savants », qu'elle n'avait peut-être pas fait d'études, mais que, si elle en avait fait, elle ne se serait pas arrêtée au certificat d'études, ni fait le guignol sur le parvis de la mairie, à rédiger des lettres minables, qu'elle aurait été ministre ou députée ou même cardio-logue, oui, sidi, finit-elle en brandissant un ample et gracile bras d'honneur dans la direction de mon père.

Après quoi, il y eut un silence aussitôt inter-
rompu par les miaulements de Soliman le Magnifique. Mon père se mit à tourner en rond, et le
chat, affolé, redoubla ses cris. Mon père lui admi-
nistra un coup de pied qui l'envoya valdinguer
à travers la pièce. Après un long miaulement, de
nouveau le silence s'établit.

Sortant tout à coup de sa stupeur, mon père
le rompit :

— Les combattants dont tu parles, vieille
folle, ne sont plus. Ils ont été vite remplacés par
des transfuges et des traîtres qui se moqueront de
toi et de ta révolution.

— Le vieux fou, c'est toi, répliqua ma mère
dans un grand éclat de rire.

Cessant brusquement de rire, le fixant droit
dans les yeux, elle marmonna :

— Et le seul traître de ma connaissance, c'est
aussi toi.

Ce qui finit par avoir raison des nerfs de mon
père. Les bras tendus vers le ciel, bredouillant
des appels à Dieu, maudissant Satan et tous les
démons de la création divine dont cette femme
et sa progéniture de merde, appelant à l'aide mes
frères, qui détalèrent comme des lapins, mon père

voulut battre ma mère. Chose qu'il n'avait jamais osée.

Soit dit en passant, malgré les accouchements et les fausses couches, ma mère était plus fort que mon père, fluet et souffrant de cette balle dans le poumon ou des séquelles de cette tuberculose mal soignée. Qu'importe.

11

Il ne l'a pas battue, mais comme elle maintenait ses intentions d'alerter les autorités – mon père avait une trouille bleue de la loi –, il a juré ses grands dieux de la renvoyer chez son père, pratique courante chez le mien, souvent mise à exécution, largement autorisée par la loi, justement. Une ou deux fois l'an, pour une semaine au moins, mes frères et sœurs et moi, le nourrisson inclus, il y avait toujours un nourrisson ou deux à la maison, nous nous retrouvions sans ma mère.

Absences qui nous paraissaient alors comme une éternité, ou des vacances, c'était selon le statut de chacun de nous dans la fratrie. Mes frères en souffraient et le manifestaient de différentes

manières, désobéissance indirecte au père, sac-
cages en douce de ses effets personnels et van-
dalisme de toutes sortes… Mes sœurs s'enfer-
maient dans un mutisme qu'elles brisaient en
hurlant dans leur sommeil.

Personnellement, et même si je craignais
que ma mère ne revînt plus chez nous, qu'elle fût
remplacée – ce cauchemar m'obsédait, de toute
façon, qu'elle eût été répudiée ou à la maison –,
à cause de ses angoisses et des humiliations qu'elle
m'infligeait, qui me poussaient à implorer la mort,
la sienne ou la mienne, je vivais son absence
comme une sinécure.

Pourtant, une fois ma mère partie, ma grand-
mère encore en vie mais malade, les grosses
besognes de la maison me revenaient, le nourrisson à nourrir, à torcher, à langer, le réveil de
mes frères, la préparation de leurs affaires de
classe et du petit déjeuner, la cuisson du pain
dans le four monté dans la cour, la traite de la
chèvre, le nettoyage du poulailler… Besognes qui
me harassaient mais m'apparaissaient dérisoires,
comparées à ce que je subissais d'habitude en
silence.

Après la mort de ma grand-mère, et toutes

les fois que ma mère était congédiée, une femme que mon père nous obligeait à appeler « tante », dont nous ne savions rien sinon qu'elle partageait la couche de notre père, venait faire semblant de s'occuper de nous. En réalité, dès le départ de notre père à la mairie, elle se préparait un bain et y restait jusqu'à ce que le bébé bleuisse de faim et de pleurs. Aussi lui arrivait-il, si, en rentrant de l'école, nous commencions à rouspéter de ne rien trouver à manger, d'abandonner l'épilation de ses sourcils ou son maquillage ou le défrisage de sa longue chevelure au fer à repasser, d'attraper le premier d'entre nous, de le bâillonner, de le ligoter, et de l'enfermer dans le placard à balais, où il ramollissait de chaleur, ce qui mettait un terme aux protestations des autres.

Dès qu'ils ont grandi, mes frères se sont vengés d'elle du mieux qu'ils le pouvaient, et ils excellaient en trouvailles qui auraient subjugué Satan lui-même.

Ils pissaient dans sa bouteille d'eau de Cologne ; ils se mouchaient fortement dans le pan de ses robes ; ils nettoyaient leurs vélos avec sa chemise de nuit ; ils saupoudraient de sable ou de ciment les loukoums, qu'elle réservait pour son tête-à-tête avec mon père, loukoums qu'elle recrachait en sifflant, à l'intention de mon père qu'elle savait épris de ses fistons, Ah, ces garçons, de vrais petits diables, mais je les aime tant.

Pour leur faire plaisir, pour maintenir une connivence avec eux, surtout, et parce que je ne portais pas dans mon cœur cette femme, j'assistais et participais à leurs complots de bonne grâce. J'improvisais aussi des coups qui les épataient. Je mélangeais du sel à sa crème Nivea ; j'éclaboussais d'eau de Javel ses culottes et soutiens-gorge rouges et noirs de dentelle ; je mettais de la terre dans ses tubes de rouge à lèvres et de mascara…

Une fois, sous le regard impressionné de mes frères, j'ai versé du mercure sur ses bijoux, non sans avoir subtilisé le plus beau, un bracelet en argent, à tête de serpent, que j'ai offert à la fille du juge.

La maîtresse de mon père s'apercevait très vite des vacheries qu'on lui faisait. Nous nous arrangions toujours pour qu'elle s'en rende compte le plus tôt possible. C'est le but des opérations, pouffaient mes frères au moment où elle se transformait en forcenée, nous traitant de bâtards de mauvaises graines, notre mère de folle et d'étrangère, essayant de nous attraper. Tels des lézards, nous lui filions entre les mains.

Du haut d'un arbre, où nous grimpions avec une vélocité et une agilité qui auraient découragé un singe, lui tirant la langue et exécutant des gestes obscènes avec la main, mes frères découvrant leur sexe et urinant à travers le feuillage, nous lui bramions notre devise :

— Un pour tous ! Tous pour un !

Et, ça ne ratait jamais, la pauvre femme s'en retournait chez elle sans demander son reste, ni attendre le retour du maître de maison.

Mon père se doutait bien que ses fils chéris étaient à l'origine du départ impromptu de sa maîtresse. Sans piper mot, enfermé dans sa chambre, il buvait jusqu'au petit jour, puis, sans dessoûler, s'en allait dans sa caisse pourrie ramener son ex-femme. Notre mère.

Sur son chemin, il s'arrêtait devant la maison de l'imam de notre quartier, un homme vieillissant, de la vieille école, qui aimait la musique et les belles ripailles, qui ne jugeait pas l'ivrognerie de notre père (à peine lui déclamait-il la sourate interdisant la consommation d'alcool), et qui continuait d'assister guilleret aux sautes d'humeur de son meilleur client.

Sans s'éloigner de sa 2 CV, un pied à peine posé sur le perron de la maison de l'imam, ignorant les badauds, mon père informait celui-ci de ses prochaines épousailles.

— Évidemment, avec la même, répliquait mon père à l'imam.

Qui riait dans sa barbe.

— Et tu te chargeras des témoins, les mêmes, si tu veux, aussi de l'orchestre et de la danseuse, mais pas les plus onéreux, ajoutait mon père.

Puis il démarrait, prêt à accomplir trois cents kilomètres sans que l'aiguille du cadran de vitesse dépassât le chiffre cinquante, soit pas moins de six heures de route qu'il remettait aussitôt, ma mère à l'arrière de la voiture, telle une étrangère et une parfaite future épousée.

Le lendemain de la cérémonie, dès l'aube, mon père vengeait sa maîtresse en infligeant à mes frères toutes sortes de corvées, lavage du garage et de la façade extérieure de la maison, au savon et à grande eau, ramassage des brindilles et de noyaux de dattes ou d'olives à peine visibles dans le gravier et le sable de l'allée qui coupait le jardin, et je ne sais plus quoi d'autre.

Ma mère connaissait la maîtresse de son mari, toute la ville connaissait et son existence et ses relations avec notre père. On disait même que sa fille unique n'était pas de son mari, un alcoolique invétéré, presque un vagabond, plus tard retrouvé mort dans une décharge publique, mais de mon père, et que si cette petite avait été un petit, sans hésiter, mon père se serait marié avec sa maîtresse. Ma mère savait qu'elle habitait le quartier en amont du nôtre, vers le marché découvert, qu'elle avait son âge et qu'elle aimait mon père, du moins qu'elle aimait coucher avec lui – contrairement à ma mère, très vite prise contre son gré.

Ma mère savait tout de sa rivale. Comme elle savait qu'elle nous maltraitait. Ce qui lui faisait préférer une raclée plutôt que de s'en retourner chez son père, qui ne manquait pas de lui faire payer cher ces répudiations.

Quand mon père a renoncé à battre ma mère, malgré les supplications de celle-ci, et ses promesses de ne pas lever la main sur lui, ni même de parer les coups, qu'il pouvait y aller, se déchaîner, l'enchaîner et la rouer jusqu'au sang, l'envoyer à l'hôpital, mais de grâce, pas dans sa famille, il en était donc venu aux menaces de l'y expédier dans les vingt-quatre heures, jurant sur la mémoire de ses ancêtres que cette fois-ci il n'y aurait aucune possibilité de retour. Qu'il la répudierait pour de bon, et en présence de témoins.

Ce contre quoi ma mère, tout héroïne qu'elle avait pu être, n'aurait rien pu faire. Car telle était et est toujours la loi.

Les disputes de mes parents paraissaient sans fin, les hostilités bel et bien déclenchées. J'assistais à cette agitation comme dans un rêve, un de ces rêves où des événements incompatibles ont lieu parallèlement, en même temps et distinctement. Les résultats de l'examen n'allaient pas tarder à tomber, et ils tomberaient comme une bombe. En attendant la déflagration, j'adoptais le silence, seule attitude qui me parut raisonnable, je n'avais pas droit à la parole, de toute façon. J'aurais aimé mettre

fin à leurs esclandres en avouant tout à ma
mère, mais un pressentiment très fort m'indi-
quait que mon silence me maintiendrait parmi
les vivants.

12

Trois jours plus tard, les résultats de l'examen tombaient. Ma mère fit lire et relire le journal par mes frères. Jusqu'au soir, elle écouta la radio, qui annonçait en boucle le nom des reçus. Sans grande surprise, pour moi, le mien ne fut pas dit.

Contrairement à mes craintes, ma mère ne me demanda aucune explication. Elle ne me parla presque pas. Sinon pour me donner les ordres habituels, biberons, repassage, vaisselle. De petites besognes, que j'exécutai avec une fausse allégresse.

Quand mon père rentra du travail, ma mère l'accueillit comme un roi, sidi par-ci, sidi par-là. Pour la première fois depuis des années, elle déboucha une bouteille de vin et assura elle-même le service de son repas.

Porte close, elle passa la soirée en sa compagnie et lui accorda la faveur d'écouter ses histoires, qui sans exception commençaient par Moi-je-l'homme. Histoires qui d'ordinaire agaçaient ma mère, et auxquelles elle avait cessé de se plier aussitôt que ses fils, la voix muée, s'étaient offert leur premier rasoir.

Aussi, ce soir-là, mes frères cessèrent-ils les boutades qui les avaient fait rire aux larmes.

— Ah, la future épousée, qui va faire de nous des tontons, dis donc, disait le rouquin.

— Faudra bientôt l'appeler Madame Joaillier, la frangine, ajoutait le brun.

— C'est pas plutôt Madame Joaillièrette, la coquette ? beuglaient-ils d'une même voix.

Tandis que ma mère s'appliquait dans la chambre de mon père, mes frères vinrent dans la cuisine où je finissais de ranger la vaisselle.

— Ça sent le soufre, frangine, a dit le rouquin.

— C'est peut-être une ruse de guerre, a dit le brun.

– De toute façon, on est là. Et si jamais ça se complique, tu pourras compter sur nous.

– Un pour tous, tous pour un. C'est si simple, frangine, ont-ils scandé.

Persuadée qu'ils se moquaient de moi, j'ai haussé les épaules et dit :

– Merci.

– Tu n'en reviens pas, a dit le rouquin.

– Nous sommes pourtant sincères, a ajouté le brun.

Depuis que j'avais quitté mon enveloppe androgyne, que je n'allais plus torse nu avec eux dans le ruisseau, que ma mère m'interdisait de participer à leurs parties de belote et de dames, de grimper avec eux dans les arbres, de leur servir de gardien de but, depuis qu'ils avaient estimé que je ne leur étais plus utile, que je n'étais qu'une fille, après tout, mes frères avaient commencé à me taquiner jusqu'à parfois m'en arracher des larmes.

Ils me guettaient dans mon bain, se moquant de mes « gros nénés », me traitant de « vache à lait » ou de « masseuse de hammam » ; ils espionnaient tous mes faits et gestes, mes lectures, mes dessins et mes poteries ; ils faisaient disparaître les livres que me prêtait la fille du juge, ou détruisaient mes figurines, en manifestant un réel plaisir, s'applaudissant, se serrant la main, se donnant des tapes dans le dos comme s'ils venaient de grimper l'Everest. Comment aurais-je pu, ce soir-là, croire qu'ils feraient nôtre «Un pour tous...», devise qui n'avait jusque-là de sens que contre la «marâtre» ou parfois la famille de ma mère ?

13

Le lendemain matin, amaigrie, lasse de sa nouvelle grossesse, ma mère est entrée dans la cuisine où je surveillais le lait sur le feu.

Elle a éteint sous la casserole et m'a demandé de m'asseoir, puis, à son tour, elle a pris une chaise. Elle était face à moi, mais elle a gardé le visage de biais, comme si elle avait honte. Sa voix était contenue et rocailleuse, on aurait dit la voix d'une autre, et sur son cou un suçon bleuissait. Ruse de guerre ? me suis-je demandé avec un pincement au cœur.

Occultant l'homosexualité de mon prétendant, croyant que je n'avais pas compris ses allusions, elle ne m'en parlera jamais, comme elle taira le pacte entre elle et mon père, son approbation à mon mariage, contre l'arrêt définitif de ses renvois chez les siens, ne serait-ce qu'un jour, elle a dit :

— Ton père aurait fini par te marier, de toute façon, et à n'importe qui, peut-être bien à un vieillard polygame crasseux et sans le sou. Ton prétendant est si jeune, lui. Dix-neuf ans. C'est quoi, dix-neuf ans ? Et sa famille est si riche. Et on le dit gentil, il ne t'interdira pas de sortir, ni de venir me voir. Peut-être même ne t'imposera-t-il pas le voile, et consentira-t-il à ce que tu retournes à l'école…

Juste avant l'examen, la directrice, une pied-noir d'origine alsacienne, Mlle Schmit, une vieille fille née dans l'oasis, une ancienne militante du parti communiste, porteuse de valises pendant la guerre, avait assuré à ma mère qu'en cas d'échec elle m'offrirait de redoubler, vu que mon retard n'était pas de mon fait, mais de celui de mon père.

— J'ai aussi réussi à obtenir de ton père un délai, a ajouté ma mère. Les marieuses vont revenir, je leur dirai que ce mariage ne se fera pas avant l'hiver.

Là-dessus, elle a eu comme un sursaut, et son œil a brillé. Passant sa main sur son cou, à l'endroit où le suçon bleuissait, recouvrant sa voix habituelle, elle a dit :

— D'ici là, je trouverai le moyen de faire changer d'avis à ton père, et tu repasseras l'examen. Cette fois-ci, tu ne le louperas pas, tu ne partiras d'ici que pour rentrer à l'internat... Qu'ont-elles de plus que toi, les filles de notables ?

Puis :

— Je ne lui fais pas confiance, à ton père, il pourrait me chasser définitivement de la maison, je pourrais mourir, et qui d'autre que toi s'occuperait de tes frères et sœurs ?

Nous y étions, et j'étais lasse. Ma mère, sa voix rocailleuse, son suçon sur le cou, mes frères m'assurant de leur soutien, mon père et son chantage, tout me lassait. Pourvu que le calme se prolonge, que ma mère ne sache rien de cette histoire de jardin public, de bidonville, qu'elle continue de croire que je n'étais pour rien dans la décision (hâtive) de mon père, j'étais prête à tout et tout m'était égal : que je sois trop jeune pour me marier, que je devienne une recluse et une boniche, que je fasse ou non des études, que mon futur mari soit Miss Monde ou Hercule en personne m'importait peu.

Et si ma mère m'avait demandé mon avis, je l'aurais soulagée, et elle ne se serait pas réveillée avec cette honte dans les yeux, ce suçon, cette voix rocailleuse et contenue et cet air absorbé surtout qui n'était déjà plus le sien.

14

Comme l'exigeaient la coutume, et ma future belle-famille, il me fallait un certificat de virginité, délivré en trois exemplaires par un gynécologue « assermenté ».

Plutôt deux fois qu'une, avait dit ma mère aux marieuses revenues avec le couffin des offrandes, les conditions de leurs employeurs et la date des fiançailles.

Puis elle leur a servi du thé chaud, des beignets frais et de la limonade sortie droit du frigidaire.

Au moment où elles avalaient la dernière goutte de la boisson fraîche, l'air de rien, ma mère a ajouté :

— Pas avant l'hiver.

— Pas avant l'hiver ? a dégluti la marieuse en chef.

— Le mariage, pas avant décembre, a repris ma mère. C'est le mois de naissance de ma fille, a-t-elle expliqué, je voudrais qu'elle le fête ici, son anniversaire, c'est ma seule condition. J'aurai l'impression qu'elle sera assez mûre pour figurer sur un livret de famille…

— Pas avant ses seize ans, le passage devant le maire, a relevé la marieuse en chef.

— T'en fais pas pour ça, a dit ma mère, son père a déjà obtenu une dérogation. Le livret de famille sera envoyé aux joailliers sans que ma fille ni leur fils aient à se déplacer à la mairie.

Les quatre femmes ont haussé les épaules, essuyé leurs lèvres et se sont levées, prêtes à partir, quand la vieille des bidonvilles s'est mise à parler de son passeport, qui n'arrivait pas, des promesses en l'air qui commençaient à la lasser.

Comme ma mère ne semblait pas comprendre, la vieille a dit :

— Je lui ai rendu des services inimaginables, à ton mari, malheureusement il ne tient pas ses promesses. Il parvient à marier sa fille à quatorze ans, mais il est incapable de me rendre un petit service, à moi qui ne lui ai jamais rien refusé… Dis-lui, à ton mari, qu'il me les faut, ce passeport et cette autorisation de sortie, et qu'il se mette dans la tête que je ne serai pas une tombe plus longtemps.

— D'accord, a dit ma mère en levant les sourcils en signe d'incompréhension.

Après leur départ, refermant la porte derrière elles, l'esprit ailleurs, ma mère a marmonné :

— Quel secret peut-il bien partager avec cette pauvre vieille ?

Puis, alors que nous retournions à l'intérieur de la maison, elle m'a appris qui avait été cette vieille femme. Autrefois, avant l'ouverture des maternités pour tous, quand les colonisés devaient se débrouiller sans les hôpitaux ni les écoles, la vieille des bidonvilles avait été l'accoucheuse à domicile la plus courue de la région. Grâce à elle, des femmes et des nouveau-nés avaient échappé au trépas. Mon père ainsi que ses frères et sa sœur lui devaient la vie.

— Mais, a répété ma mère, je ne vois vraiment pas quel secret aujourd'hui elle pourrait partager avec ton père. Ni ce qu'elle a bien pu lui rendre comme service pour qu'il lui promette un passe-port et une autorisation de sortie.

Je n'ai pas répondu, je n'avais aucun intérêt à répondre. Me mordillant l'intérieur de la joue, j'ai espéré que ma future belle-famille obtiendrait le mariage dans les meilleurs délais.

15

Deux jours plus tard, après les corvées du matin, ma mère vint dans ma chambre. Les cheveux encore mouillés de la douche, fleurant bon le patchouli, elle portait son unique robe de sortie, blanche à rayures rouges, et ses escarpins en chevreau, cadeaux de mon père à l'indépendance.

Elle ouvrit les fenêtres et poussa les volets. Le visage émacié et diaphane, le pas lourd et le geste lent, ma mère montrait tous les signes d'une fausse couche imminente.

— Nous allons chez le gynécologue, pour ta visite médicale, m'annonça-t-elle. Ton père nous attend dans la voiture. Il nous faut ton certificat avant les fiançailles.

Ma sœur cadette, qui simulait le sommeil, la tête sous le drap, gloussa. Me pinçant à la fesse, elle souffla :

– C'est bien fait pour toi.

Elle souffla si bas que je crus ne pas comprendre. Et pourquoi ma propre sœur se réjouissait-elle de ce qui m'arrivait ?

Mon père resta dans la voiture. Nous grimpâmes l'escalier en silence. La salle d'attente était bondée, ma mère trouva une place, je restai debout. De temps à autre, sous le voile qu'elle retenait sous le menton, ma mère semblait marmonner une prière. Je feuilletais un magazine sans parvenir à me concentrer sur ce que je lisais. Et si la vieille des bidonvilles s'était trompée ? Et s'il ne subsistait rien de mon hymen ?

Une heure s'écoula et mon tour arriva. Ma mère se leva, mais l'infirmière lui demanda de se rasseoir. Le médecin ne souhaitait pas de tierce personne pendant l'examen, expliqua-t-elle.

Ma mère se rassit. J'emboîtai le pas à l'infirmière.

Quelques instants plus tard, rajustée, transpirant à grosses gouttes, je regagnai la salle. À mon apparition, ma mère bondit de son siège et vint à ma rencontre.

– Tu les as ? me demanda-t-elle.

Au moment où je hochais la tête en signe de négation, l'infirmière sortit du cabinet et se dirigea vers nous. M'ignorant, elle remit les trois exemplaires du certificat à ma mère. Celle-ci fit mine de les parcourir, puis leva un regard interrogateur vers la femme en blanc.

– Ça va, dit celle-ci.

– Merci, dit ma mère. Merci, répéta-t-elle, le sourire allant d'une oreille à l'autre, prête à serrer dans ses bras la femme.

– Hum, toussota l'infirmière. Il faudra quand même l'avoir à l'œil.

Ma mère perdit tout à coup son sourire.

– C'est bon ou c'est pas bon ? s'énerva-t-elle.

– C'est bon mais contrairement aux jeunes filles que nous recevons ici, ta fille a très bien, trop bien je dirais, supporté l'examen, s'expliqua l'infirmière. M'est avis qu'elle a l'habitude… Tu vois ce que je veux dire. Ces choses-là arrivent si vite, j'ai quatre filles…

Les femmes qui avaient tout entendu me regardèrent avec mépris. Ma mère les imita. Je sus que j'allais passer l'été le plus long de ma vie.

Sans émettre de commentaire, ma mère prit place à côté de mon père, puis lui tendit les certificats. Vérifiant qu'il y en avait bien trois, mon père les parcourut longuement. Esquissant un sourire, il les glissa dans la boîte à gants puis démarra.

Aussitôt la voiture engagée sur le Grand Boulevard, s'épongeant le front nerveusement avec un coin de son voile, ma mère entama une discussion. Elle fit des remarques sur la ville, qu'on voyait de moins en moins de calèches, de plus en plus de voitures et surtout toutes ces jeunes femmes, dévoilées, au volant, qu'on ne les distinguait pas des Européennes, quelle avancée, tout de même, seize ans à peine après la décolonisation, que c'était là un bon signe, un très bon signe…

Puis, comme pour rappeler à mon père les circonstances de leur rencontre et par là même la femme d'honneur qu'elle avait été, elle ajouta :

– Nous avons bien fait, n'est-ce pas, de participer à la lutte ?

Contrairement à son habitude de contredire le moindre de ses propos, mon père acquiesça, le visage rayonnant. Je me mis à regarder les arbres, puis les façades des maisons, puis les passants, comme si je ne devais plus les revoir.

16

Tandis que mon père garait la voiture, le regard dur, un rictus balafrant son visage sans couleur, la ride profonde entre les sourcils, ma mère me lança :

– Le feu donne de la cendre.

Fuyant ses yeux, cherchant le médaillon dissimulé par son voile, je me demandais pourquoi mon Dieu le feu ne donnerait-il pas de la cendre ? Et pourquoi me le rappelait-elle ? quand mon père acheva son créneau. Les trois exemplaires du certificat de virginité sous le bras, il descendit de voiture. Tandis qu'il se rapprochait de nous, le pas allègre, d'un mouvement de la main, comme on chasse une mouche, ma mère me signifia de rentrer.

Laissant derrière moi mes parents, leur bonne humeur et leurs petits éclats de voix, je traversai la cour la gorge nouée et les mains moites. Et si je rebroussais chemin, et prenais mes jambes à mon cou ? Mais où irais-je ? Je n'avais nulle part où me réfugier, Sabrina et sa famille étaient en vacances, à Saint-Jean-de-Luz, et je n'avais pas d'autres amies. Un instant, j'ai pensé à Mlle Schmit, la directrice de l'école, je savais qu'elle m'aimait bien, que ma mère l'appréciait, elle intercéderait en ma faveur. Mais elle aussi partait en vacances, sur la côte, vers la capitale, où elle avait des amis.

Dans la cuisine, ma sœur cadette préparait un biberon en sifflotant. Dès qu'elle me vit, elle posa le biberon sur la table et arrêta de siffloter.

– Tiens, finis-le. Moi, ça m'agace de faire la nounou.

Puis elle se remit à siffloter.

– Arrête de siffler, dis-je en attrapant le biberon.

Ma sœur haussa les épaules.

– Arrête, répétai-je. Ça porte malheur.

– Superstitieuse, dit ma sœur en ouvrant le frigidaire. On dirait maman.

Et de siffloter de plus belle.

– Arrête! m'écriai-je. Ils vont nous tuer.

– Qui va nous tuer?

– Papa et maman, l'infirmière du gynécologue a dit des choses bizarres sur moi, maman est hors d'elle.

– Encore heureux qu'elle ne sache rien de tes histoires avec l'apprenti ébéniste. T'as vraiment de la chance que papa ne lui en ait rien dit.

– Qu'est-ce que tu racontes?

– Je raconte que moi je la connais, ta vie de dévergondée. Et mes copines aussi, la connaissent, on t'a vue, dans le jardin public, avec ce garçon aux cheveux si beaux, ce si joli garçon, gloussa-t-elle. Et c'est grâce à moi que papa t'a trouvée. Si je ne t'avais pas dénoncée, tu nous aurais peuplé la maison des bâtards de ton mignon. Et là, oui, ils nous auraient toutes empoisonnées, même la plus petite n'y aurait pas coupé, et ils auraient eu raison, poursuivit-elle.

Puis elle reprit ses sifflements. Bouche bée, le biberon à la main, je l'ai longuement fixée, une question me brûlant les lèvres – Que t'ai-je fait ? –, qui resta bloquée dans ma gorge.

À ce moment-là, j'entendis dans mon dos le souffle de ma mère. Je me retournai et son visage maintenant blanc comme la mort me fit face.

– J'ai tout entendu, dit-elle en s'appuyant contre le mur, prête à défaillir.

– Je vais t'expliquer…

– Ne dis rien, enfant de malheur, me coupat-elle.

Puis la main cramponnée à son ventre, le visage transfiguré par la douleur, elle ajouta :

– Suis-moi.

Dans la buanderie, en silence, nous remplîmes d'eau le chaudron noir que nous posâmes sur le poêle à mazout.

Ma mère se déchaussa, posa ses escarpins sur une étagère, loin de l'humidité du sol, quitta sa robe et sa culotte de coton, alourdie par le sang qui coulait le long de ses cuisses blanches et glabres. Elle roula en boule sa robe, la jeta dans la corbeille de linge sale, puis s'allongea, dos au sol.

Sans qu'elle eût à me le demander, je connaissais la chanson, avec la paume des mains, j'appuyai sur son bas-ventre, d'abord doucement, puis de plus en plus fort.

L'eau commençait à bouillir, ses frémissements déchiraient le silence, et le dernier flot de sang fut expulsé. Ma mère poussa alors un long cri. Le visage le cou, tout le corps inondé de sueur, secoué par des tressaillements, elle se redressa.

Je transvasai l'eau chaude du chaudron dans la grande bassine de cuivre, fis couler de l'eau froide, jusqu'à ce que l'ensemble fût tiède. Sanglotant comme une petite fille, elle marmonna :

– C'est un garçon… je suis sûre que c'était un garçon.

Puis glissa dans la bassine de cuivre. Je me mis à la laver.

Dans la cour, mes frères s'entrainaient à des tirs au but, les jumelles leur servaient de gardien, leurs voix montaient jusqu'à nous. Ma mère cessa de sangloter, mais ses larmes épaisses et luisantes, se mêlant à la sueur et à l'eau du bain, continuaient d'affluer.

En lui tendant son peignoir, je voulus la consoler. Elle me rembarra.

— Disparais de ma vue, fille du diable.

— Laisse-moi t'expliquer…

— Tais-toi, s'écria-t-elle. Tais-toi, source de mes malheurs.

L'œil torve, grinçant des dents, elle poursuivit :

— Si j'avais su, je t'aurais étouffée dans l'œuf, je t'aurais enterrée vivante, et aucun tribunal ne m'aurait condamnée. J'aurais dû écouter ton père et t'élever à la dure… Et dire que je voulais empêcher ce mariage. Ah là là, qu'on me débarrasse de toi. Le plus vite sera le mieux… Moi qui croyais que tu tenais de moi. Hélas, je me suis trompée, à part les cheveux, tu n'as rien de moi, ma pauvre fille, mais absolument rien, malheureuse. J'étais, moi, une fille digne de la confiance de mon père, les hommes baissaient le regard et la voix sur mon passage. Je n'avais pas le feu aux fesses, moi, quatre soldats aussi forts que des bœufs n'ont pas réussi à me desserrer les jambes… J'ai traversé les plaines et les montagnes avec un bataillon d'hommes… Etc.

Après un instant de silence, la mâchoire tremblotante, elle souffla :

140

– J'étais et je suis le feu. Et le feu n'engendre pas le feu, il engendre la cendre. Et tu es la cendre.

Puis elle s'enroula dans le peignoir.

Alors que je m'attendais à ce qu'elle s'épuise et se taise, qu'elle quitte la buanderie et gagne sa chambre, s'arrachant les cheveux, se déchirant les joues, elle se lança dans des invocations.

Que la mort te soit plus douce que la vie.

Que tes nuits envahissent tes jours.

Que ton corps soit le QG des hommes.

Que tu sois la risée des femmes.

Qu'un caniveau soit ta demeure.

Que la mort te prenne dans la solitude.

Si fort que mes frères et sœurs dans la cour firent silence. Et je n'eus qu'une envie. Crier à mon tour. M'égosiller. M'arracher les cheveux par touffes. Me déchirer les joues jusqu'au sang. Invoquer Dieu, ses prophètes et tous les saints de la terre. L'attraper par les cheveux, la forcer à me regarder droit dans les yeux, mes yeux aussi verts que les siens, mes yeux aussi aiguisés que les siens, et tonner :

Silence, vieille folle. Silence, mère immonde. Ne vois-tu pas que le diable, c'est toi ? Que c'est à cause de toi et de tes obsessions que je me laissais tripoter dans le jardin public ? Comment pouvait-elle savoir, l'infirmière, que ma vie durant j'ai subi tes mains d'experte et la lueur de ta loupiote ? Et ne le suis-je pas, vierge ? N'est-ce pas l'hymen qui compte ?

Silence, vieille folle. Tais-toi, mère immonde.
Silence, vieille folle. Tais-toi, mère immonde.
Silence, vieille folle. Tais-toi, mère immonde.

Comme je ne criais jamais après ma mère, ni après personne, me contentant de lutter contre l'évanouissement, j'ai encaissé ses propos sans broncher.

Vaincue par la fatigue, ma mère finit par se taire. Bafouillant une nouvelle malédiction à mon adresse, m'écartant de son passage, elle m'ordonna de nettoyer la buanderie, puis s'en fut dans sa chambre donner libre cours à sa fièvre et à ses délires.

Et si ma mère, mon père, l'infirmière avaient raison ? Et si Bouzoul n'était que le diable ? ou un djinn malveillant venu me briser et mettre à sac la vie de ma famille ?

Campée sur cette idée, deux nuits durant j'ai fulminé contre Bouzoul. Je l'ai traité d'imposteur, d'usurpateur, de faux ange, de démon, d'incube et de succube. Tu ne vaux pas mieux que l'apprenti ébéniste et je ne veux plus te voir. Retourne d'où tu viens.

Il a fini par m'obéir, et je n'ai plus eu personne à qui me confier, ni même à qui parler. Dès le lendemain, ma mère me mettait en quarantaine.

17

Quatre ou cinq jours plus tard, alors que ma mère faisait trêve à ses insultes et à ses malédictions, qu'elle paraissait s'adoucir, prête à briser la quarantaine, la vieille des bidonvilles, comme une furie, déboula dans notre cour.

Sa visite s'annonçait brève et hostile, car lorsque ma mère allant à sa rencontre lui proposa d'entrer, d'un geste brusque elle refusa.

Mes frères, non loin de là, bricolant leurs vélos, se figèrent et tendirent l'oreille. Ma mère interrompit la vieille femme et leur ordonna de s'éloigner.

Pendant ce temps, je me tenais dans l'encadrement de la porte de la pièce principale, le bébé dans les bras qui, me sembla-t-il alors, m'examinait de façon étrange, tel un adulte, le sourcil froncé. Aujourd'hui encore, je me souviens avec une exceptionnelle acuité du moindre détail de ce début d'après-midi, une acuité telle qu'au moment même où ma mère, blafarde, les bras ballants comme dépourvus d'énergie, hochait la tête en écoutant la vieille femme, je me rendais compte que je construisais un souvenir impérissable, de ces souvenirs qui vous collent et ne vous lâchent qu'au bord de la tombe.

À moins de les consigner par écrit.

Dont acte.

Prions.

Je rentrai à l'intérieur de la maison et, l'instant d'après, la voix de mes frères crépita dans mon dos.

– Maman est hors d'elle. Ça va être ta fête, dit le brun.

– Qu'as-tu fait ? demanda le rouquin.

– J'ai rien fait.

– Tu peux nous le dire. À nous, tu peux tout dire, dit le brun.

– Un pour tous, tous pour un, enchaînèrent-ils en chœur.

– J'ai rien fait, marmonnai-je.

Serrant le bébé contre moi, si fortement qu'il se mit à brailler de tous ses petits poumons, je refoulai avec peine un hurlement. Talonnée par ma sœur cadette, ma mère nous rejoignit. Ma sœur souriait avec ironie. Mes frères s'en furent, et ma mère m'arracha le bébé des bras. Elle le jeta dans ceux de ma sœur, puis, de toutes ses forces, elle me gifla.

– Petite putain, me jeta-t-elle.

Rappelant mes frères, qui réapparurent aussitôt, elle m'asséna une deuxième gifle et je me sentis défaillir, mais ne tombai pas. L'iris plus aiguisé que jamais, elle leur dit :

– Trouvez-moi une paire de ciseaux et un rasoir. Je vous attends dans la buanderie.

Je ne sais avec quelle force, elle qui s'était quelques jours auparavant presque vidée de son sang, agrippant mes cheveux, elle me traîna jusqu'à la buanderie.

– À genoux, me cria-t-elle.

Je me mis à genoux et elle pencha ma tête vers l'avant. Puis ramena mes cheveux de façon à ce qu'ils couvrissent mon visage. Mes frères surgirent, dans les mains une paire de ciseaux et un rasoir qu'ils brandirent à l'intention de ma mère.

– Voici, firent-ils avec emphase.

– Coupez-moi tout ça, dit-elle.

Mi-amusés mi-inquiets, mes frères coupèrent, mèche après mèche, jusqu'à ce que le sol en fût jonché. Pendant ce temps, je m'occupai l'esprit en le lançant dans des déductions invraisemblables, que je voulais de toutes mes forces vraisemblables, qui m'apparaissaient vraisemblables, en tout cas humainement réalisables. Une mère n'était-elle pas capable de tout pour sauver ses enfants ?

Ruse de guerre, auraient dit mes frères.

En faisant couper mes cheveux, le capital beauté d'une femme, disait-elle, ma mère avait enfin trouvé le moyen d'empêcher ce mariage. La sagacité de ma mère n'avait pas de limites.

Ruse de guerre.

Ainsi, au moment des fiançailles, qui allaient avoir lieu dans une semaine, la veille du départ de mes frères, à Paris, chez notre oncle, ma future belle-famille, l'imam, les témoins, les convives, quand ils verraient l'état dans lequel m'avaient transformée mes frères, prendraient leurs jambes à leur cou. Plus de mariage. Je retournerais alors à l'école. Je repasserais l'examen. Et mon père pourrait aller se brosser le ventre.

Et voilà, me disais-je quand ma mère, dont je ne voyais que les pieds, déclara :

— C'est bien, mes garçons. Il faut raser maintenant.

Après un instant d'hésitation, mes frères dirent :

— T'en es sûre, maman ?

Pouffant tel un enfant excité devant un jeu, elle répondit :

— Oh, que oui.

— Et les fiançailles ? demanda le brun.

— Oui, les fiançailles, renchérit le rouquin.

— Elle ne va tout de même pas se présenter rasée comme un militaire…

— Plus de fiançailles, annonça alors ma mère. Plus de mariage. Plus rien du tout. Nous sommes la risée de l'oasis, à présent. Et si votre père me met à la porte, personne ne trouvera à redire…

— Bon, firent mes frères.

En deux temps trois mouvements mon crâne était aussi lisse qu'un œuf d'autruche.

Prions. Prions.

18

Le lendemain matin, alors que je m'endormais à peine, que le coq chantait à s'en arracher la glotte, ma mère fit irruption dans la chambre.

– Allez, hop, debout, craquelure de pisse ! hurla-t-elle.

Elle hurla si fort que les jumelles poussèrent un cri de frayeur, tandis que, tel un ressort, ma sœur cadette bondit du lit.

– Je n'ai rien fait, je n'ai rien fait, dit-elle en se protégeant la tête et le visage avec les bras.

– C'est de l'autre chienne qu'il s'agit, ton tour viendra, dit ma mère.

– Mon tour ne viendra jamais. Je ne suis pas comme elle, moi, tu n'auras jamais à me raser la tête...

Ma mère l'écarta de son passage, et vint me tirer du lit.

– Suis-moi, me dit-elle.

La tête embrouillée par le manque de sommeil, je la suivis en me disant que décidément ces derniers temps, ma pauvre fille, tu ne fais que ça, suivre, talonner, emboîter le pas, que j'étais devenue une suiviste, tiens, j'avais entendu ça quelque part, je crois bien lors des débats politiques qu'engageait mon père avec ses amis, une fois par semaine, dans le salon des «invités de marque» où, entre deux coups dans le tibia décernés par mon père, je servais le thé et les fameux beignets de ma mère, les oreilles irritées par les ricanements de mon géniteur.

Bref, je ne faisais plus que suivre, me dis-je en emboîtant le pas à ma mère transformée en furie, prête à m'effacer de sa vie et de la surface de la terre. Ne fais que ça, poursuivais-je en regardant la masse rouge de cheveux voguer sur son dos, soulignant sa silhouette gracile. Suivre mon père dans la rue, après le flagrant délit ; suivre la vieille des bidonvilles dans son taudis ; suivre l'infirmière dans le cabinet de consultation ; suivre de nouveau ma mère vers je ne savais où. Ce que je ne tardai guère à savoir.

Depuis et tout au long de cet été, j'ai suivi les mêmes ordres, les mêmes directives, devenant jour après jour l'esclave de ma mère, et par là tenue au service de sa maison et de sa tripotée.

Traire puis détacher la chèvre. Nettoyer le poulailler. Ramasser les œufs. Nourrir la volaille. Attraper une poule, la ligoter par les pattes, la poser devant le robinet, dans la cour, à l'intention de mon père qui, avant de se rendre à la mairie, lui trancherait le cou. Balayer la cour. Pétrir le pain. Chauffer le four. Cuire le pain. Bouillir le lait. Réveiller et nourrir la maisonnée. Faire les lits. Ranger les chambres. Passer la serpillière, pièce après pièce, carrelage après carrelage. Éplucher les légumes. Mettre la marmite sur le feu. Surveiller la cuisson. Servir. Desservir. Ne pas manger, ou seulement du pain sec – l'appétit m'avait de toute façon abandonnée. Astiquer. Récurer. Briquer la cuisine, matin, midi et soir. Bouillir les draps, les frotter au savon de Marseille, les rincer, les essorer, les suspendre sur la terrasse, des draps en lin, qui, mouillés, décu-

plaient de poids. Qu'il fallait repasser. Repasser.
Repasser. Par plus de 45° C à l'ombre.

– Je veux voir le linge comme sorti du pres-
sing, ordonnait-elle.

Une fois par semaine, entortillée dans le voile
de ma mère, j'emmenais mes petites sœurs au
hammam où j'affrontais et subissais les sarcasmes
des femmes.

– Pourquoi t'a-t-on rasé la tête ? me demandait la gérante du bain en passant sa main sur
mon crâne tuméfié.

– Je ne sais pas, répondais-je.

– Son père l'a trouvée nue avec un garçon
aussi nu qu'elle, lançaient les baigneuses.

– En plein jardin public !

– Elle doit être enceinte, sinon ils ne la
corrigeraient pas de la sorte, ajoutaient-elles en
lorgnant mon ventre plat.

Puis de conjurer le sort, que le Très-Haut
épargne leurs filles du diable.

J'abattais la besogne sans souffler, ignorant
la fatigue, et les méchancetés de ma sœur cadette,
très vite imitée par les jumelles ; j'obtempérais

avec le fol espoir de reconquérir l'affection de ma mère, d'apaiser ses esprits, ma pauvre mère que j'avais déçue, qui était malheureuse par ma seule faute, moi, sa fille aînée pour qui elle avait envisagé le destin dont elle-même avait été privée...

L'été se finissant, elle se mit à se réveiller tard, longtemps après le départ de mon père au travail ou à la palmeraie, exigeant que je lui serve le café dans la chambre, le buvant par petites gorgées. Oubliant parfois de le boire, l'esprit ailleurs, elle émettait des propos inaudibles, qu'elle interrompait en me jaugeant comme si j'étais une autre. Un sourire soudain éclairant son visage, elle me demandait si un homme, plutôt comme ceci ou cela, décrivait-elle, était venu, puis chuchotant, elle me confiait qu'elle soupçonnait le « tuberculeux » d'être à l'origine de sa disparition, que je n'en parle à personne, surtout, qu'elle avait une stratégie pour démasquer le criminel qui avait brisé sa vie, qui allait briser celle de ses filles, que l'aînée, ajoutait-elle, verrait son avenir en loques si elle, sa mère, ne réagissait pas, et qu'elle la mettrait bientôt en application, sa stratégie, qu'elle excellait en subterfuges de tout genre, qu'il n'allait pas s'en tirer comme ça, le transfuge, que le rouquin et le brun, des camarades dignes de confiance, étaient partis chercher du renfort, et qu'elle aurait aussi besoin de mon aide…

Pouvait-elle compter sur moi ? poursuivait-elle en louchant dans ma direction.

Lorsque j'avais fini d'acquiescer, Oui, elle pouvait compter sur moi, lui chuchotais-je à mon tour, déformant ma voix, essayant par là de lui laisser croire que j'étais bien une autre, et son alliée, ma mère recouvrait ses esprits. S'apercevant que je n'étais pas qui elle avait cru, que je n'étais que sa fille, cette pécheresse, maugréait-elle, qui avait abusé de sa confiance, qu'elle attendait le retour de ses fils pour me tondre de nouveau, de douce et clémente, ma mère redevenait amère et sévère.

Et de me tancer :

– Aujourd'hui, raclure, tu tisonneras le four à pain avec les mains, et si le moindre cri de ta part vient à agacer mes oreilles, je te la ferai manger, la braise.

Projets qui n'aboutissaient pas toujours, en tout cas, je ne me souviens pas d'avoir eu à tisonner la braise avec les mains, car, quand elle avait fini de m'annoncer ce genre de torture, elle se remettait à loucher dans ma direction, puis, comme si j'avais été sa mère, elle disait :

— Ah si tu savais ce qu'est devenue ta fille, ta guerrière, la Jeanne d'Arc redoutée par les hommes et par les femmes.

Ou :

— Hélas, ma mère, de nos jours les révolutions ne profitent plus qu'aux lâches…

M'oubliant, elle s'enfonçait dans le lit et sombrait dans une demi-somnolence. Je retournais à mes tâches.

Vers la fin de l'été, mes frères rentrèrent de vacances et ma mère quitta sa torpeur. Assistant de loin à la distribution des friandises et des cadeaux, observant mes frères qui évitaient mon regard, qui me fuyaient, je me sentis au bord de l'épuisement.

19

Quand je m'endormais en plumant le poulet, ou en trayant la chèvre, que la soupe n'était pas prête pour le dîner, que le pain avait brûlé alors que je m'occupais du bébé, elle appelait à l'aide mes frères, et m'attachait au tronc d'un palmier.

Munie d'une corde mouillée, elle me battait jusqu'au sang. Quand elle n'en pouvait plus, à deux doigts de l'évanouissement, elle cédait la corde à mes frères.

– Allez-y, de toutes vos forces, soyez des hommes, ne vous laissez pas montrer du doigt, et si elle meurt, j'en assume la responsabilité, leur disait-elle.

Puis perdait connaissance.

Au début, mes frères obéissaient, car, disaient-ils, ils ne pouvaient pas secourir une « traînée », même si celle-ci était leur sœur, mais si je leur avouais ce que j'avais fait, peut-être auraient-ils pitié de moi…

Puis ils se mirent à simuler. De toute façon, comme imbibée d'anesthésiant, ma chair ne ressentait rien, j'avais juste envie de rire, de rire aux éclats, d'un rire qui jaillirait de mon thorax, qui réveillerait les morts, qui agacerait les vivants, qui les enverrait en enfer. Enfer duquel je serais exonérée, m'assurait alors Bouzoul de retour dans ma vie. Puisque, m'expliquait-il, celui qu'inventait jour après jour pour moi ma mère suffisait à me laver de mes fautes.

— Mais de quelles fautes est-ce que tu parles, l'ange ? lui demandais-je. Je ne suis qu'une enfant…

— Les fautes à venir.

— À venir ? Est-ce à dire que je survivrai ?

— Tu survivras. Et ce que tu vis aujourd'hui te servira plus tard.

— Me servira à quoi ?

— À te souvenir.

— Je ne comprends pas.

— Tu comprendras quand à ton tour tu

deviendras mère et que tu refuseras de répéter les erreurs de la tienne.

— Mais pourquoi est-ce que ma mère ne se souvient pas, elle?

— Parce que ta mère n'a jamais connu autre chose que la douleur.

— Est-ce à dire que je connaîtrai la douceur?

— Oui, répondait l'ange. À condition que les lois de ton pays changent. Qu'elles cessent de te défavoriser.

— Tu parles comme un tract, l'ange.

— Ne souris pas, car c'est ainsi que tu parleras et que parleront les femmes de ton pays, comme ont parlé d'autres femmes avant vous et d'autres parleront après vous. Il faudra t'y faire dès maintenant, le combat sera long et dur.

— Et si les lois, comme tu dis, ne changeaient jamais?

— Il te faudrait alors partir vers une contrée où tu serais respectée et protégée. Sache aussi que les lois, nécessaires pour s'affranchir de la force et des hégémonies, ne changent pas obligatoirement les mentalités.

— Comment ça?

— Où que tu sois, il se trouvera toujours quelqu'un, un homme ou une femme d'ailleurs, pour te dire directement ou indirectement que tu fais du bon boulot… pour une femme. Que c'est presque l'œuvre d'un homme. Ou pour soupçonner un homme derrière ton travail.

– Mince…

– Si ! J'aurais une pile d'exemples dans ce goût-là à te citer. Mais tout ça est un moindre mal que tu ignoreras comme la caravane qui passe ignore les chiens qui aboient. Il te faudra surtout fuir ceux qui tuent pour une idéologie, ensuite les combattre par les armes ou par les mots. Dans ton cas, d'après mes dossiers, ce sera par les mots. De toute façon, pour les armes, ta mère a largement donné, et puis tu n'aimeras pas ça…

Quand il en avait fini avec ses prédictions, Bouzoul se volatilisait. Le vertige s'emparait alors de moi, mais mon esprit demeurait clair, douloureusement clair. Tellement clair que rien ne m'échappait, ni mes frères portant ma mère, l'un par les bras, l'autre par les jambes, ni ce qu'ils se disaient :

– Ah, la vache, c'est qu'elle est lourde, la vieille…

– Ce qui ne tue pas rend fort.

– Ce qui ne tue pas rend fou…

Après avoir couché ma mère, mes frères revenaient au pied du palmier où j'étais attachée. Ils imbibaient d'eau le foulard qui ceignait ma tête, humectaient mon visage puis mes lèvres, lavaient mes plaies. Lorsqu'elles étaient trop sanglantes, ils les désinfectaient avec de l'alcool qui à peine réveillait mes sens.

– Si tu pouvais crier, ne serait-ce qu'un peu, ça l'arrêterait peut-être, me disait le rouquin.

– Il a raison. Au lieu de sourire quand elle te bat, tu devrais montrer que tu as mal.

Parfois ils étaient sur le point de me détacher, et de me ramener à la maison. Mais la crainte d'aller à l'encontre des ordres de ma mère et de ceux implicites de mon père, et aussi la peur d'être traités de lâches, et mes sœurs, de plus en plus terrorisées, de plus en plus vipères, qui veillaient, guettant tous leurs faits et gestes, menaçant de les dénoncer s'ils me libéraient, les en empêchaient.

– On devrait alerter la police, disait alors le rouquin.

— Tu n'y penses pas ! répliquait le brun.

— Pourquoi pas ?

— Ça ne servirait strictement à rien, car même s'ils la tuaient, le tribunal ne les condamnerait pas, on mettrait ça sur le compte d'un crime d'honneur.

— Ah bon ?

— Eh oui. C'est la loi.

— Heureusement qu'on n'est pas des filles…

— Oui, on a vraiment de la chance.

— Et si on la faisait fuir…

— Où et comment ?

— Je ne sais pas. On devrait y réfléchir. Je suis sûr qu'on trouvera.

— Le hic, frissonnait le brun, c'est que le vieux pourrait redevenir comme avant. Ou même pire qu'avant et il chasserait maman en moins de deux et pour toujours…

Car plus ma mère se montrait féroce à mon égard, moins elle faisait de chichis pour rejoindre son maître. Elle ne manquait plus aucun dîner en sa compagnie ; elle écoutait religieusement ses histoires commençant par Moi-je-l'homme ; elle attendait son retour devant la porte, lui reprochant avec coquetterie le moindre retard ; elle s'offrait à lui sans regimber, sans plus jamais s'exiler dans la chambre des filles. Et mon père le tyran se transformait en toutou.

Mieux :

il ne l'appelait plus «Folcoche»; il ne la menaçait plus de répudiation; il ne la répudiait plus. La défiant de trouver son égal alentour, il lui promettait des beaux tissus et des bijoux, des robes et des chaussures, et même l'instruction, qu'il l'enverrait dès octobre, rentrée des classes dans l'oasis, chez les sœurs carmélites, qui lui apprendraient le français puisqu'elle y tenait tant, au français, et qu'ils iraient à Paris, où elle le pratiquerait, et où il lui ferait prescrire la pilule – tant pis pour sa descendance mâle, la santé de sa femme étant au-dessus de tout.

– C'est vrai, approuvait le rouquin en frissonnant à son tour, il renverrait maman en moins de deux...

20

L'automne débuta avec de cinglants vents de sable qui se levaient la nuit, et cessaient aux aurores, enveloppant la ville d'une épaisse couche de poussière rouge.

Une après-midi, découvrant mes poteries, quand elle les eut brisées, scandant que c'étaient là des pénis, encore un élément qui confirmait ma perversité, affirma-t-elle, ma mère m'attacha au palmier.

Puis me battit comme plâtre.

Comme elle n'a pas perdu connaissance, mes frères n'ont pas pu rafraîchir ma tête et soigner mes blessures. Quand, mine de rien, ils ont parlé de me ramener à la maison, que le vent allait sûrement se lever, ma mère a ricané :

– Oh, que non, qu'elle y dorme, dans le jardin, puisqu'elle aime ça, les jardins, qu'elle pourrisse sur pied, la bête, a-t-elle ajouté en rebroussant chemin, les jumelles sur ses talons, l'applaudissant, tremblotant sous leurs robes.

Vers la fin de la journée, tant que le vent ne s'était pas levé, ma mère revenait dans le jardin. Vérifiant mes attaches, elle se mettait à faire des blagues, comme on rit des bêtises d'un enfant. S'esclaffant à grands bruits de gorge, elle attirait l'attention de mon père dans sa chambre.

– Il n'y a pas mieux que les bonnes vieilles méthodes, proclamait-elle.

– C'est ce que j'ai toujours prôné, et si on m'avait écouté à temps, on n'en serait pas là, hâblait-il de sa fenêtre. Si on m'avait écouté, je n'aurais pas dépensé tout cet argent pour la marier, je n'aurais pas rendu celui de la dot, elle serait aujourd'hui chez les joailliers, et nous tranquilles…

– Je te demande pardon, maître de ma maison, s'écriait à son tour ma mère. Je te demande pardon de m'être moquée de ton savoir et de ta droiture.

– Tu es pardonnée, disait mon père. J'ai le pardon facile, tu le sais. Mais désormais nous ne ferons parler que le bâton, car seul le bâton mène à la droiture, concluait-il, paraphrasant un vieux dicton, bombant le torse et faisant signe à sa femme de le rejoindre dans son antre.

Au moment où le ciel blondissait, puis rougissait, annonçant la tempête de sable, ma mère revint, un verre d'eau et un mouchoir à la main. Je crus à un mirage.

– Maman, fis-je sans qu'un son traversât ma gorge.

– Salut, camarade, me dit-elle.

Elle trempa mes lèvres, me fit sucer un coin mouillé du mouchoir, puis desserra mes liens.

Jetant des regards furtifs par-dessus son épaule, puis vers la fenêtre de la chambre de mon père, dont les volets maintenant étaient fermés, elle dit :

– Je ne peux pas te détacher complètement. Pas pour l'instant, nous sommes épiées. Mais j'ai mis mes plans à exécution, j'ai réussi à contacter des camarades, mes camarades de lutte, tu sais, je les ai informés des manigances du malotru, bientôt tu pourras partir d'ici, je te grimerai en vieille folle, et tu les rejoindras dans les montagnes où ils t'attendent, tu t'habilleras alors comme eux, treillis et godasses, leur combat sera le tien, car, ne l'oublie pas, tu ne seras jamais libre si eux ne le sont pas. Tu supporteras le froid et la peur, la faim et les poux, et si tu fais correctement tes preuves, ils t'enverront dans une capitale entamer des études, et le goujat pourra alors se brosser le ventre… Ne te l'avais-je pas promis, que nous nous en sortirions ?

Arme-toi de patience, poursuivit-elle la voix tout à coup atone, ça n'est plus qu'une question de jours, bientôt tout cela ne sera qu'un lointain cauchemar… Entends-tu les tirs de mitraillette ? ajoutait-elle en tendant l'oreille.

– Oui…

– C'est le signe qu'ils ne sont pas très loin… Aussi je te recommande de ne pas te fier à ces petites pestes de Malika, Maïssa et Latifa, ce sont des fausses sœurs, tout comme sont des félonnes mes propres sœurs. Décidément, ma pauvre fille, tu auras tout pris de moi… En revanche, tu peux les yeux fermés faire confiance aux deux gars, le brun et le rouquin, Yassir et Yacine, ils ne te trahiront jamais, eux, même qu'ils participeront à ton évasion.

Elle découvrit ma tête et passa ses doigts dans mes cheveux.

— Ils repoussent bien, dit-elle. Mais s'il faut encore te les raser pour tromper l'ennemi, nous le ferons. Comme nous t'attacherons et te battrons. Des ruses de guerre, j'en ai plein la tête, fais-moi confiance…

Elle passa une dernière fois ses doigts dans mes cheveux, renoua soigneusement le foulard autour de ma tête, puis s'en fut, sautillant, se retournant et me lançant des petits signes qu'elle voulait d'encouragement.

Quand le ciel s'assombrit, le vent se leva, puis se déchaîna. Le sable fouettant mes blessures réveilla mes plaies, les attisant jusqu'au hurlement. Et mes cris, couvrant la tempête, attirèrent mes frères dans le jardin.

— Trop c'est trop, dit le rouquin.

– Transgressons, dit le brun en levant les yeux vers la fenêtre de la chambre de mes parents.

– Qu'avons-nous à perdre ? Ils n'oseront pas toucher à un seul de nos cheveux, à nous.

– Heureusement qu'on n'est pas des filles, dis donc.

– Oh que oui, on en a de la chance.

– On te libère, frangine, mais tu promets de nous dire ce qui s'est passé dans ce jardin public.

Ils me détachèrent et me transportèrent jusqu'à leur chambre. Lorsque ma sœur surgit, menaçant de les dénoncer, le rouquin lui asséna un coup de pied aux fesses et promit de lui crever les yeux si elle mettait ses menaces à l'exécution.

Tandis qu'ils me soignèrent, je leur racontai par le menu le jardin public, les assauts de l'apprenti ébéniste, mon père surgissant derrière le talus, son silence et son chantage, la vieille femme des bidonvilles, les promesses de mon père à la vieille, l'assistante du gynécologue, je n'oubliai rien, même pas Bouzoul, ni les délires de plus en plus nombreux de ma mère.

– Eh ben…, lâcha le brun.

– Eh ben, dit le rouquin.

– Nous te vengerons, nous lui casserons la gueule, à ce macaque d'apprenti ébéniste, et nous te sortirons de là.

Là-dessus, je perdis connaissance.

Une odeur étrange me prit à la gorge, j'essayai en vain d'ouvrir les yeux. Y renonçant, je tendis l'oreille. Des voix inconnues, d'autres familières me parvenaient par bribes.

Une commotion cérébrale.

Sa rétine se décollait.

Sa rate a éclaté.

Elle pissait du sang.

On a failli la perdre.

Encore un peu et elle mourait.

Sa mère aussi est hospitalisée.

Non. Pas ici. À l'asile.

On l'a rattrapée dans la rue.

Habillée comme une vagabonde.

Un couteau de cuisine à la main.

Non ?

Si, si.

Elle disait prendre le maquis.

Pour sauver le monde.

Et sa fille.

C'était une maquisarde.

Cinq ans dans les montagnes.

À combattre comme un homme.

Qui s'occupe de ses enfants?

Une amie de notre père.

Tout est bien qui finit bien, disons.

Au moins pour l'aînée.

Dans une lumière incandescente, j'entrouvris les yeux. Je reconnus le juge, sa femme et sa fille, puis la directrice de mon école. Mes frères aussi étaient là, assis de part et d'autre de mon lit. Au-dessus de ma tête, un flacon suspendu à une potence. Je refermai aussitôt les yeux et continuai à écouter la conversation.

Une fois sur pied, elle ira chez notre oncle, à Paris.

Il s'est engagé à la prendre en charge jusqu'à sa majorité.

Il a promis de l'inscrire dans une école.

Elle aime lire. Je lui prête souvent des livres.

Et la peinture. Elle peint sur des poteries qu'elle fabrique elle-même.

Elle a appris très jeune.

Toute petite.

En nous regardant faire.

On ne vous remerciera jamais assez, mademoiselle Schmit, d'avoir parlé à notre mère.

C'était pas difficile. Elle n'attendait que ça, la pauvre femme. Il faut aussi remercier monsieur le juge d'avoir su convaincre votre père.

C'est quoi, cet œil au beurre noir ?

Oh, c'est rien. Je me suis bagarré avec mon frère. Ça nous arrive souvent de nous chamailler.

À mon avis, tu y es pour quelque chose dans l'hospitalisation de l'apprenti ébéniste.

Non. Non.

Oh, il n'aura eu que ce qu'il méritait. Ça lui apprendra à embêter les petites filles.

Un pour tous et tous pour un, me dis-je quand, gigotant dans les airs, attirant mon attention, Bouzoul brandit sa main dodue.

— Bonne route, souffla-t-il.

Puis se volatilisa.

J'ouvris enfin les yeux.

COMPOSITION : PAO EDITIONS DU SEUIL

GROUPE CPI

Achevé d'imprimer en janvier 2007
par **BUSSIÈRE**
à Saint-Amand-Montrond (Cher)
N° d'édition : 91407. - N° d'impression : 62507.
Dépôt légal : février 2007.
Imprimé en France

Collection Points

DERNIERS TITRES PARUS